魔豆

魔豆

SEA VOICE 古董店

卷七 三千絲【完】

林綠Woodsgreen 著

陰冥
小店員的資優生學姊。
吳以文
古董店小店員。
連海聲
古董店店長。

SEA VOICE 古董店
人物介紹
林律人
林家三少爺。
楊中和
一等中十三班班長。
童明夜
體育班隊長。

SEA VOICE古董店

卷七【完】

目錄

一、三千絲

咔嚓咔嚓，剪刀穿梭於細軟的髮梢，滑出一道含蓄而不失有型的弧度，適合男孩清秀的樣貌。

日暮的庭院，女人和男孩，人物和景色搭配起來就像美好的天倫之情，兩人之間卻是暗潮洶湧。

「韜光總說，你長得像我。」

吳以文注視女子手上的利剪，戰戰兢兢，不敢妄動。女子只要「一個不小心」，他就沒法回古董店煮飯給店長大人吃了。

「我跟師母，沒有很像。」

白衣女子聽了，瞇起貓似的眼睛。

即使鼻子上都是細髮，吳以文也不敢伸手撥弄，只是努力忍耐著，想要快點結束對方一起興起的理髮樂趣，飛奔離開這個家。

「我問你，你就那麼怕我嗎？」女子柔聲問道，吳以文腦中警報直響，能夠平安回到店裡看老闆的機率像雨天濕垂的貓尾，直線降低。

「妳很強，我殺不了妳。」吳以文必須坦誠。

女子綻開笑顏。

「過獎了，如果你想，應該也有不少法子。殺人對你來說，不會太困難。」

吳以文艱難出聲：「師父會難過。」

女子手中的剪刀瞬間抵上吳以文咽喉，膽敢再說一個字就刺破他該死的喉嚨。

他們之所以到現在還無法斷開糾葛的關係，主要是因為這個家的男主人，為了保有吳韜光一廂情願的美滿家庭，不得不扮演賢妻與好孩子。

吳以文想到借酒澆愁、半夜窩在古董店門口睡覺、像是被遺棄的狗狗的師父大人，即使喉嚨前有剪刀，仍是鼓起勇氣向天公借膽，管起對方的家務事。

「師母。」

「嗯？」

「師母真的要跟師父離婚？」

「嗯，時間到了。」

「後院的狗狗怎麼辦？」

「叫他自己餵。」

「師父一個人怎麼辦？」

「你有什麼資格質問我？之前是誰把韜光弄哭的？」

「對不起，我是壞貓。」吳以文垂下頭，誠心懺悔。現在吳韜光看到他連話都不敢說，只是默默吃完他帶去的便當。他沒有絲毫報復被遺棄這件事的快感，只覺得後悔莫及。他向來很能忍痛，只要不把痛說出口，師父就不會傷心了。

女子看吳以文自責的模樣，不介意增加他的罪惡感，說出一個之於她無足輕重的祕密，卻是師徒倆長年心結所在。

「把你送去療養院之後，他爲了追捕通緝犯被卡車撞上，一星期後才回復意識，醒來便吵著要接小孩。他就是想在小徒弟面前扮超人，死活不肯說自己受傷的事。」

吳以文得知吳韜光每每欲言又止的隱情，無聲睜眼好一會，然後用力閉上雙眼。

「你要怪，就怪自己運氣不好。」女子嘲弄道，好像鑄下的大錯都是少年的不對，與她這個罪魁禍首毫無瓜葛。

吳以文輕聲回應：「我沒有，運氣不好。」

女子聽了忍不住笑，這小子大概自以爲得到了幸福，有本錢當聖人，既往不咎。

「你以爲，你能保有現在的生活到什麼時候？」

「我和妳，不一樣，我要的，只有現在。」

女子輕哂，眞是逼眞，純眞得就像個孩子。

「好吧，我指給你一條明路，闇的兒子、皚的女兒，全殺了就沒人動得了你。」

「不可能。」吳以文咬緊牙，重聲回應。

「那你又能如何？」

「我想拜託師母。」

「你？憑什麼？」女子噘起朱唇，臉上看不出一絲波瀾。

「妳以前不能有孩子，但現在，要繼位，妳必須有後嗣。」

「你以為你是什麼人？」

「古董店店員。」吳以文挺起林律人說過躺起來很舒服的胸膛。

「白痴。」女子直白的嫌棄反倒顯得她和男孩親近，就像店長整天叫笨蛋一樣。

「而且，師母有孩子，就不用跟師父離婚了。」

不管女子隱藏的身分再顯赫、是不是特務們的頭目老大，吳以文知道每天花心思做出滿桌好菜等丈夫回來的她，眞心愛著帥氣又孩子氣的師父大人。

女子笑得更是燦爛：「我當初眞該掐死你。」

吳以文伸手拉了拉女子的白裙，如同他孩時撒嬌的習慣。

「師母。」

「叫我一聲『媽媽』，我就考慮看看。」

這要求不算太難，吳以文卻發不出聲，「你是垃圾」、「看了就噁心」、「給我從這個家消失消失消失！」，沒有母親會這樣對待孩子，所以他放開了手。

「認賊作母也做不到，小孩子就是小孩子。」女子揚聲嘲弄，掩飾肢梢的痙攣。

吳以文低首看著滿地青絲，此路不通，也只能往深淵躍下。

燈光昏黃，長髮麗人斜倚著核桃木桌，一雙眼凝視著水晶櫃堆砌的寶物舖子，但又不像眞正看著。

連海聲還記得兩年前冬日，他牽著那孩子的手，從醫療所走過漫長的夜路來到這裡，那時的他滿心只有一件事；如今只想著一個人。

擱置的話筒響起溫潤的男聲：「海聲，這樣好嗎？」

「以後，再也不存在『連海聲』這個人。」

「阿相，你要不要再等一等、再多考慮看看？」

「和家，我沒有時間了。」

林和家一聲嘆息：「我知道，再怎麼不願也接受了這個事實，所以我才勸你留下。」

「我也明白，你總是爲我好。」

「因爲你是我最好的朋友，我們就像親兄弟一樣。」

這句話連海聲聽了二十多年，就算是天大的笑話，偶爾也會當眞。

「阿家，我這輩子從來沒有求過你。我有一個孩子，不會浪費你太多時間，照顧到他成年就好……我還沒說完，不准哭！」

林和家難掩哽咽地說：「你要我怎麼能不難過？你把你唯一的心肝交給我，那你一個人怎麼辦？」

「無所謂，我一個人就夠了。」

連海聲只是實話以對，卻不知道哪裡刺中林和家的痛處，對他嘶吼控訴。

「你爲什麼總能一派輕鬆地說出殘酷的話！」

連海聲垂下眼簾，因爲他沒有可以天眞的餘地。

「傷到你脆弱的心靈很抱歉，不過，我也只能拜託你了。」

林和家聲嘶力竭地哭著，連海聲耐心等待對方的承諾，但沒能等到——他們相識二十多年來，第一次，林和家先掛他電話。

連海聲被林和家這麼一哭，就像被提早哭喪一樣，全身氣力消耗殆盡，他兩手撐著桌緣想要起身，卻站不起來。這時，他模糊的視線裡冒出一雙手，熟練地將他失衡的重心轉移到自己身上。

「老闆？」

連海聲遲了三秒才回眸看向晚歸的店員，就算對方沒說話，也看得出他臉上的擔憂。

「只是覺得有些累，不用大驚小怪。」

「老闆，找華醫生？」

那瘋女人在鬼門關走一回，想通了虛度四十多年的人生，回家過年了。走前特別來跟店長報備，連海聲親手包了一支金花簪送她。

「不用了，你把店關一關，扶我到房間……」連海聲勉強起身，突然眼前一黑，陷入短暫的昏迷。

等他醒來，人已經躺在臥房的大紅床鋪，吳以文跪坐在床側，低頭靠在他掌心上。

每次連海聲都想問吳以文在想什麼，但總沒能問出口。

吳以文發現店長醒了，長跪起身，端起床頭溫熱的湯粥。

連海聲先問店員：「吃過了嗎？」

吳以文誠實說道：「老闆生病，吃不下。」

「何必？」連海聲虛弱罵道，掙扎起身，勉強吞下米粥。他以前只要感到不適，任憑吳以文怎麼苦勸，死也不肯進食，但他實在不想再看到吳以文惶然不安的模樣。

飯都吃了，連海聲揮揮手，礙眼的笨蛋可以走了，吳以文才收拾餐盤退開。可不到兩分鐘，店員又回來了，而且看來是兩三口扒過剩飯、刷過牙、洗過身子也換好睡衣，腋下不忘挾了粉紅咪咪布偶，萬全準備，就是要來蹭床。

連海聲無力阻擋，眼睜睜看著吳以文鑽進被窩，直往他貼上來。

「真是的，什麼時候變得這麼大隻？」

吳以文盡力把自己縮小一點，試圖裝成過去那隻軟嫩的小貓咪，可惜效果不彰，換來店長大人看不下去愚行的兩記拍頭。

「文文。」

「老闆，什麼事？」

連海聲忍著胸痛，用沙啞的嗓子輕聲哄騙店員。

「我明天要出遠門，這種年節時候不好叫毛沒長齊的笨小孩顧店，我帶你回吳韜光家過年好嗎？」

吳以文僵住手腳，不由得和五年前的過往連結起來。

「沒有要丟下你，你不要怕。」連海聲不知道自己到底怎麼了，連那女人也不曾得他這般溫柔呵護。

「老闆，我很大隻了，我想留在店裡。」吳以文拒絕連海聲的好意。

「說什麼傻話？笨小孩就是笨小孩。」連海聲受不了地撫住吳以文的軟髮。

「我會乖，等老闆回來。」吳以文重申心願。

連海聲看著這個剛滿十七的男孩子，是啊，也不小了，不再是過去那個沒有他陪伴就會嚇得無法入睡的小孩子。

「好吧，你要帶朋友來住也可以，不要玩太瘋。」

「是，老闆。」

連海聲眼睛幾乎要睜不開了，還是不放心挪過身子，把吳以文半摟在懷中。

連海聲不支睡去，夢中他日思夜想的伊人，留給他一抹看不清的背影，追也追不上。

「雯雯，等等我……」

吳以文不敢睡，抱緊連海聲，希望他不要忍心丟下他一個人。

連海聲走前，再三流連於古物小舖。

這間店出自他手筆，獨特、偏執、滿是無法言說的祕密，而在角落一些容易忽略的地方，卻被店員填充上自製的貓咪小物，嚴重破壞他的格調，卻也讓這個本該冷寂無聲的空間溫暖起來。

連海聲指尖撫摸著牆角小貓偎著大貓的彩繪，就算是他手中最昂貴的收藏，也比不上這幅畫在他心目中的價值。

可惜牆上的畫無法撬下，他也捨不得親手帶走屬於少年鮮明的色彩，他的心臟已經脆弱到只要想起那孩子就會隱隱作痛，牽制大腦該有的理智。

連海聲所能做的也只有拿起抽屜的銅剪，大刀剪去吳以文最愛的長髮。代表他斷開過去的決心，直到成事那一天，就算店員哭得再慘，也絕不能回頭望。

他燒了頭髮，摘下右眼的變色片，穿上他父親最愛的紅緞古袍，曳著金紅袍尾，赤足走向店外像是送葬禮車的黑頭車。

來接他的黑衣侍衛，對這個有著異色眸子的麗人，一時看呆了眼。

「世相少爺，老爺要見你。」

「走吧。」連海聲毫無感情起伏回應，已經做好獻祭的準備。

爲了防他逃跑，車窗特別處理過，車內看不見車外風景。不知車行多遠，連海聲意外接到延世妍來電。

延世妍打給他總是興高采烈，賣弄風情、撒嬌耍潑樣樣來，這次卻不同以往，聲音很輕，像是瀕死之人的殘喘。

「海聲哥，跟你說一件事，你不可以生氣。」

「算了吧，妳每一件事都讓我很生氣。」

「我懷孕了。」

連海聲下定決心拋下一切，以爲再也沒有事能擾亂心神，但聽見這消息還是用力皺了下眉頭。

「誰的？」

「你不可以生氣……」

「姓林的？林和堂？」也就是去年春天來古董店砸場的林家中生代死白目。

延世妍默認，連海聲呼了口氣。

「我本來想替我哥報仇，玩弄林家的男人出氣……」

「白痴。結果呢？」

「他得知我有身孕，跪在床前一整晚，乞求我跟他結婚，發誓會照顧我一輩子。」

「就跟他結婚吧，林家的男人死心眼，至少不會辜負妳。」

「那我哥怎麼辦？」

「什麼怎麼辦？」

「我這樣嫁入害死我哥的林家，算什麼妹妹……」

「妳哥就算被一群混蛋炸成爛泥，都與妳的人生無關。」

「我怎麼可以拋下他，讓他獨自面對殘酷的世間？雯雯姊死了，他只剩下自己，一直一直，都只有他一個人……」

延世妍泣不成聲，隔得太遠，連海聲沒辦法挽起她的臉蛋擦淚。

「哥，是你對吧？」

連海聲沒有回應，不管延世妍喊得再絕望也不理會。

「哥，你不要回家好不好？你回去只有死路一條啊！大媽和大哥有多恨你，你又不是不知道？爲什麼要這麼傻？」

爲了什麼？其實連海聲自己也不清楚，或許他下意識只想離開那間店，離得遠遠的，也就不用期待再見到吳以文偶爾像朝露綻放的幸福笑容。

連海聲沒回應延世妍的哀求，只是依多年來兄妹情誼賞她幾句客套話。

「總之，我是死也不會踏進林家半步，婚禮就不用發帖子給我。妳這女人全身上下一無是處，只有皮相可以欺騙世人；但皮相總會老去，以後我不在，就不要太任性了。」

「哥……」

「小妍，答應我，要當世上最美的新娘子。」

連海聲掛斷電話，不想聽延世妍崩潰的嚎啕。他這個人自私又無情，討厭哭聲和眼淚，寧願被恨上也不想面對。

鈴聲又響了起來，連海聲以為延世妍還不死心，但當他看見來電顯示為「古董店」，幾乎要握不住電話。

說過多少次不要打過來，笨蛋店員還是偷偷打給他。連海聲閉上眼就能想像吳以文貼著話筒、睜大眼等待他回應的樣子。

——文文，聽老闆的話，好好照顧自己，知道嗎？

連海聲按下關機鍵。

有人對他說過，世上最難切斷的是人情，以為清償了卻又沾上；決絕走了卻無法真正抽身，心還在原處魂牽夢縈，如女子的髮纏纏繞繞，三千煩惱絲。

二、過年

年節將至，吳以文拒絕所有溫柔的邀約，發誓要死守才剛失而復得的古董店，直到連海聲回來；但他再怎麼固執也改變不了等不到店長的現實，嘴上說得堅強，實際還是一隻要人順毛的幼貓。

就在他透過琉璃大門望著路上因爲過年而團聚的一家人又一家人走過的時候，電話鈴響。吳以文接起，不是店長，而是分局長伯伯打來的電話，要找古董店那位長腿美人律師談談。雖然平時那位美人老是對警方頤指氣使，但也幫了警局很多忙。

「老闆不在。」

「你是小文吧？常常來給韜光送飯的那個孩子？韜光總是向大家誇讚你很優秀。」

「是。」吳以文微聲應道。

「韜光最近狀況不太好，出勤受了不少傷。我看過許多認眞的後輩，特別容易想不開而走錯路。我知道你是好孩子，回家看看他好嗎？」

「好。」

吳以文放下電話，換下服務生制服，從房間整櫃黑白相間的便服裡找出童明夜從菜市場大拍賣買給他的紅色笑臉貓T恤，比較喜氣。

他拉下古董店鐵門，前往戶籍地址的木造樓房。

站在大門前，吳以文深吸口氣，按下門鈴，門板砰地打開，幸好他閃得快才沒被橫掃而來的木板門打中鼻子。

「姊，妳回來煮飯給我吃了嗎？」

吳以文對上吳韜光一秒欣喜變失落的帥臉，一時間不知道該如何回應。

「你來幹嘛？」吳韜光每次去古董店都吵著要小徒弟回家，但吳以文眞的來了反倒擺起臉色，先凶小孩一下當作下馬威。

「煮飯給師父吃。」吳以文拎起掛在右肩的貓咪環保袋示意，裝滿新鮮食材，多以肉類爲主。

「這樣啊，你是該煮飯給我吃沒錯！」吳韜光笑開來，把月前他們師徒倆撕破臉的恩怨拋在腦後。

吳以文小小聲呼口氣，脫鞋進屋，走廊堆滿男人的衣物，估算有一星期的量。

「師父又被師母拋下……嗚！」

吳韜光被踩到痛處，直接一拳過去，正中吳以文肚子。

「詩詩只是回娘家，每次過年都會回去，才不是不要我了！」

吳以文抱著小腹爬起身，切身用痛楚明白師父大人並不想要和妻子分手。

吳韜光繃著臉往前走，沒兩步又用力轉身回來，全力瞪著在走廊四處撿著他亂扔襯衫內褲的乖巧小徒弟。

「你之前不是有回家？你是不是也覺得你師母……不太一樣。」

吳以文沒說，那女人的眞實面貌從來不是吳韜光眼中的賢妻良母。

吳韜光像個被冷落的大孩子，叨叨抱怨著：「我都故意那麼久沒回家過夜，她也沒有過來跟我要抱抱。一條毛巾可以摺三十分鐘，整個人心不在焉。她得了心理便祕的病，又常常不在家。你說，她會不會被什麼宗教心靈團體給拐去洗腦？」

吳以文搖頭，依他對詩詩夫人的認識，師母只會是站在台上蠱惑人心的教主。

「也對，她一直比我還聰明。」有小徒弟無聲幫腔，吳韜光稍微安心下來。

他們來到客廳，廚房和廳堂合併，空間比一般人家的客廳寬敞許多，所以積灰的圓木飯桌看起來特別空。

吳以文趕緊穿上圍裙洗手做羹湯，把飯桌鋪滿豐盛的菜餚，想要維持住這個家一絲美好的記憶——那時坐在飯桌上的他以爲自己有父母，師父也以爲得到了懂事的好孩子。

「以文。」吳韜光出聲喚道。

吳以文回過神來。不一樣了，以前的他沒有名字、師父頭上沒有白髮。

「來坐，坐我旁邊。」吳韜光把兩張椅子併在一塊，總是在小地方不自覺洩露內心的柔情，格外吸引虛假又冷酷的人。「你以前都吃得很開心。看你笑，吃慣的飯菜也變得特別好吃。」

吳以文抗拒同座，坐了也只會食不下嚥。曾經桌上最好的菜都到他碗裡，他從「出生」以來，從來沒有過這種待遇，忍不住想要當這個家的小孩，一定很幸福。

難怪師母會說他卑鄙又無恥，得了好處，轉眼間就把那個全身是傷的男人拋在腦後。他就是一個噁心的壞東西，才會被拋下。

但他不想破壞師父大人的好心情，想破頭的結果只能站起身，說他要到後院餵狗。

吳以文本來計畫從後院逃走，然而，他一捧著親手調製的飼料盆出來，認得小主人氣味的狗狗們立刻衝上來圍住他，插翅也難飛。

「汪、汪！」

「喵嗚……」吳以文蹲在後院石階上，身子縮了又縮，膽戰心驚地餵食大狗。師母不喜歡師父老是把退休警犬帶回來養老，只喜歡玩狗又不會養，老病死了又哭得一塌糊塗。

事已至此，魚死網破，餵完狗狗，吳以文拉過水管，認命地幫狗狗們洗澡；洗完澡又順帶把狗屋刷洗乾淨，因而在狗屋裡發現一袋空的啤酒罐。

吳以文帶著啤酒罐回屋，吳韜光已經掃完一桌飯菜，心滿意足地打著飽嗝。

「師父。」

「你可以煮點宵夜，我還吃得下。」吳韜光燦爛笑道。師父大人滿足的笑容一直是店員送便當的動力。

「這個。」

吳韜光看到啤酒罐，「唔」了一聲，衝上前搶走吳以文手上的袋子。

「罐子要資源回收，伯伯會撿去賣。」吳以文諄諄交代，資源回收要做好，才不會世界毀滅。

「廢話，我當然知道！」

「師父不要喝太多，華醫生說，酒鬼肝硬爛雞雞。」

「我才沒有喝！」

「師父工作壓力大，我明白。」吳以文來到這個家的那一年，正好是吳韜光因爲大禮堂爆炸案被停職、人生最失意的時候。師父大人三天兩頭喝得爛醉，一回家就撒氣，什麼醜態他都見過。

「眞的沒有，我打開又倒掉。詩詩都生病了，我喝醉酒，誰來照顧她？」

吳以文看著彆扭的師父大人，有感而發：「師父眞的，很愛師母。」

吳韜光沒有否認，像他這種粗鄙的男人能有一個美麗溫柔的女子陪伴在側，是天大的好運氣。但就像那個姓延又姓連的傢伙說過，運氣這種東西多半靠別人賞賜，總有一天會用光。

「我好像因爲愛她，對你犯了很多錯。女人跟小孩，當然女人比較會說謊。」

「師父，沒關係，是我不應該來，這個家。」

吳韜光最討厭聽見吳以文說這種後悔的話，好像恨不得把頭上的吳姓拿掉。要不是今天除夕，早就把這孽子對半折。

「對不起，師父要是有孩子就好了。」吳以文爲先前惡毒的詛咒道歉。

「你說什麼廢話？不就這麼大一個人在我面前？」吳韜光不解地看著小徒弟，進而想起跟徒弟長得有點像的嬌妻。「詩詩最近老是在看一份資料，她放在床頭夾層，你覺得我該不該偷看？」

「不太好。」吳以文誠心建議。

「我知道偷看不對，可我直覺這件事跟我們有關，你去拿過來。」吳韜光怕妻子生氣，只能唆使吳以文犯罪。

「師父，我會被師母，斷手斷腳。」

「你不會跑快點嗎？」

吳以文迫於淫威，潛入主臥房。打開燈，這間和室的大房間他不常進來，只是在外邊遠遠看著師父呵護懷孕的妻子，聽他們輕聲討論孩子的未來，都與他無關。

他掀開隱藏在床被下的木板夾層，拿出幾乎要被看爛的文件。他總覺得這事有蹊蹺，師母不會把機密文件放在師父知道她藏東西的地方，或者她就是希望吳韜光能好奇去看，才會故意藏在枕邊人的枕下。但以師父的個性，很可能只會把文件拿來墊便當，所以他猜不透師母究竟想不想讓師父知道文件的內容。

吳以文要起身覆命，卻被底下的東西吸住眼球。除了夫妻年輕時的泛黃結婚照，還有一隻巴掌大的小貓布偶。

吳以文雙手捧起小灰貓布偶，是他剛來到這個家時，師母親手做給他的娃娃，讓愛哭的他晚上可以抱著睡。

他以爲自己全都記得，結果還是遺漏了這麼寶貴的片羽。

吳以文呆怔著走出房間，吳韜光問他拿到了嗎？

吳以文搖頭，吳韜光重重哼了口氣。

「算了，改天我再自己看。」

「師父，對不起。」

「你又道什麼歉？」

「就算沒有發生那些事、就算你們把我當親生子疼愛，我還是會，回到老闆身邊。」

當吳以文平靜地向吳韜光表明心跡，比起男孩之前發瘋似的哭鬧，更讓吳韜光真正明白到，他不可能挽回曾經擁有的天倫時光，過去了就不會再回來。

「師父，我已經長大了。沒有家，我也可以活下去。」

吳以文要走，吳韜光沒有攔他，只是叫住在玄關穿鞋的他。

「以文，仔細看，你其實比較像我。」

吳以文蹣跚走回古董店，當他回來，店門卻是開著的，櫃台坐了人，垂著一頭他魂牽夢縈的長髮。

「老闆！」吳以文立即衝進店裡，太想念店長了，以致於五感變得遲鈍，直到面對面才察覺不對。

那人拿下假髮，轉過身來，燒傷半邊的臉龐露出得逞的笑容。

「小文，過來讓叔叔抱一抱唄！」林和家朝吳以文張開雙臂。

吳以文暴怒上前給林和家過肩摔，結束這回合。

林和家收到比預期還要熱烈的歡迎，摀著鼻血，無辜看著氣呼呼的小店員。

「說來話長，海聲有要事暫時離開，請我代為管理他名下資產，也就是說，我現在是這間店的代理店長。」

「你、去、死！」吳以文口齒清晰回應，店長大美人永遠只有一個。

小可愛敵意深重，林和家心頭默默淌血。

「小文呀，你還不明白嗎？叔叔現在握有你們店的經營權，不管是要賣掉店裡的小東西還是小店員，都隨我高興喔！」林和家一心想扮演像連海聲那種邪氣的人物，卻是畫虎不成反類犬。「你睜大眼睛做什麼？有種就來咬我啊……小貓貓，不要扭叔叔的脖子，會斷掉，眞的會斷掉！」

店長不在，店員暴躁非常，掐著林和家叫他把大美人還回來。

「老闆什麼時候回來？」

「不知道。」

「他在哪裡？」

「不知道。」

吳以文大吼：「叔叔是廢物！」

「喵嗚！」

一個人就算了，可以安靜想著店長還在店裡的時光，但多出這個男人，吳以文就得被迫接受連海聲不在的事實。

林和家不知道該怎麼給吳以文順毛，幸好雖然小可愛店員待客態度很差，但還是爲他端茶、送上洗風塵的熱毛巾，比起飯店服務，吳以文的臭臉讓林和家多了屬於家的溫馨。

「小文，謝謝。」

「老闆信任叔叔，所以招待叔叔。」

林和家可以感受連海聲對他的信賴，但從吳以文口中說出來，更是意義非凡。

「但是我，討厭叔叔！」

「爲什麼！」林和家因爲店員的眞心話，冰火五重天。

因爲每次只要聽到「林和家」這個名字，店長大人就會離開古董店，吳以文瞪大眼，就是遷怒沒錯。

林和家很傷腦筋，得不到小可愛的信任，他該如何進行大美人委託的任務？

「小文，我們談談好嗎？」

「不要！叔叔好臭！」

「好過分！」

旁人聽大美人談起他家小寶貝，總會有店員乖巧聽話的錯覺。林和家親身來餵養，不到一小時就被咬得滿身傷。

林和家試圖商量一二：「我從上飛機到這裡還沒有吃過半粒米，小文，你可不可以煮點好吃的過來？」

「爲何要浪費食物？」吳以文高睨一雙貓眼，死不配合。

林和家含淚以對，雖然連海聲不在了，他卻有種被古董店主僕聯手霸凌的錯覺。

「我有帶另一隻木偶貓貓過來，大喵喵。」

聞言，吳以文垂下眼，去煮飯。上次寄到診所的南洋貓和千萬支票，他都仔細收妥在抽屜裡。要是眞的不喜歡叔叔，只會冷淡對待，不會這麼惡劣。

林和家聽見開冰箱的聲響，接著「咚咚」響起規律的切菜聲，讓人莫名感到心安。他靠著櫃台，瞇眼睡了一會。他從接到好友電話那天起，連日未眠，直到親眼見到吳以文，確認男孩安好存在，才稍微放下懸起的心。

他不知睡了多久，直到吳以文輕手搖醒他。

「叔叔。」

「啊啊，抱歉，人老了就是不中用。」林和家撐起身子，轉眼間又是可靠的大人。

「吃飯。」

林和家看清吳以文端來的菜色，一只圓形漆盤上，魚湯和紅燒蹄膀，該有的過年菜一樣都沒少，絕非隨便炒兩道小菜了事。

「哇，看起來好好吃，小文怎麼這麼厲害？」

林和家吃著熱呼呼的美味飯菜，挾一口菜就誇一口店員，讚美的言詞用不完似的，和尖酸刻薄的店長大人完全相反。

「眞好，眞想要你當我的孩子。」

吳以文緊抓著托盤的手動了下，林和家如常吃菜喝湯，好像沒看穿男孩的心思。

「我和你老闆差不多在你這個年紀認識，我還記得第一眼見到他，好漂亮的男孩子，當他那雙異色眸子往我看來，驚爲天人，說是一見鍾情也不爲過。」

「叔叔知道老闆？」

「嗯，知道了。」林和家平靜承認，「我其實有點生氣，尤其從小杏姊姊口中得知五年前他本來打算把你送給我教養，卻因爲不相信我，把你托給韜光弟弟。」

「叔叔，我不是好孩子。」吳以文搖搖頭。如果連海聲這麼做，林和家可能早死在組織手下。

「叔叔失去父母之後，三十年來都是孤家寡人，我願意冒著被追殺的風險，也想要親手養大孩子，全心疼愛著他，因爲我眞的非常渴望能有一個家。」

吳以文直直望著林和家，努力壓抑心情，不要被說動。店長早說過這個林姓前家主不是尋常角色，他總在開口前已摸清對方的心思，除非捂住耳、閉上眼，不然鮮少能不被他魔咒一般的言語影響心志。

林和家當然知道自己分量不夠，親手把這孩子捏塑成人的可是那位大美人。

「想是這麼想，但我比誰都了解你老闆。雖然海聲說都怪韜光弟弟沒把孩子照顧好，他才迫不得已帶回來身邊。但你可是他看上的寶物，只要他想要，沒有人搶得贏他。」

林和家伸手托住吳以文臉頰，像是價值連城的珍寶，小心翼翼捧在手上。吳以文感知得到他的心意，沒有抵抗。

「雖說是寶貝，但大多數人眼中只是可愛又乖巧的小石子，還需要巧匠琢磨才能露出美玉的本質，所以叔叔才會回來這裡。」

「什麼意思？」

「小文，海聲不要你當萬能的店員，要你扮演南洋歸國的延世相之子。」

林和家溫柔說出吳以文夢寐以求的機會，吳以文卻只是抿住脣，不肯回應。

「不可以逃避問題，海聲不在了，你要學會出聲。」

「不要，我只要老闆回來！」吳以文幾乎要咬斷牙齒一般用力出聲，流露出內心的不安和倉皇。店長不在，「孩子」這個身分也就失去意義。

「我明白你的心情，但你要讓他失望嗎？」

吳以文用力搖頭。

「你不想要當他望著你的時候，讓他感到驕傲嗎？」

「想。」

「那我們趁大美人不在的空檔，一起努力好嗎？」林和家微笑表示。林家子弟很熟悉他的三問句攻勢，在他真誠的眼神下，沒有人能拒絕他的懇求。

吳以文仍然不肯鬆口答應，只是悶悶地說：「做不到，怎麼辦？」

「呃，你老闆說，要是我把你教歪了，回來要把我剁成八塊。」

「叔叔的肉，一定很難吃。」吳以文認真說道。

林和家無奈地閉上眼，黔驢技窮，這家店的美人和寶貝怎麼這麼黑啊？

翌日，林和家起了大早，一睜眼就去找小孩。吳以文抱膝坐在店門前，林和家懷疑小店員維持這個動作一整夜。

「小文早。」

「飯在桌上。」吳以文頭也不回，還是好冷淡。

「小文不一起來吃嗎？」

吳以文沒有回應，林和家就把櫃台那盤煎蛋鬆餅和紅茶端到吳以文身邊，跟著坐在他身旁。

「小文，叔叔比較黏人，你可能比較不習慣。」

吳以文點點頭，他總是被自我中心的大人呼來喚去，林和家的作風太過溫柔。他昨晚特地打電話請教家人比較多的小和班長，楊中和叫他平常心，過年期間總會有單身的遠房親戚特別照顧幼子，不用太客氣。於是小店員繼續跟叔叔鬧脾氣。

林和家開心吃著蛋鬆餅，切了一小片來餵貓貓。他知道吳以文不上餐桌的習慣，那就換他走下來。

吃或不吃都不會被罵，但吃下去就會看見這男人對自己綻開笑容。吳以文小口叼住鬆餅，林和家果然笑得好高興。

吳以文悶頭咀嚼食物的時候，林和家自然發了話。

「今天大年初一，小文跟我回家拜個年好嗎？」

「不好。」店員感到叔叔居心叵測，他要以命死守古董店。

「可以看到小律人、小行行和阿品寶貝，他們一定也很高興見到你。」

吳以文沉默，林和家又溫和勸他要把話說出來。

「我也想見律人，可是律人他們，很珍貴。」

林和家拉過吳以文的手，溫柔笑著：「小文，在我心中，你和他們都是一樣的。」

「叔叔的決定，會傷害到，珍貴的家人。」

「你也是我的孩子，何必執著站在外人那一邊呢？」

「叔叔不要後悔。」

「嗯，不後悔。」林和家的笑容溫柔而堅定。他說話溫吞，總令人以爲可以商量，其實不然，最後都會照他的意見成行。

吳以文小小聲嘆口氣，去內室換了白襯衫和西裝褲出來。林和家忍不住揉了下吳以文的頭髮，誇他是帥氣的小紳士。

吳以文再三確認會回來古董店，不會一上車就被載去南洋孤島放養，才依依不捨踏上林和家開來的黑色金龜車。

路上林和家向小可愛介紹他的古董車：車齡八十年，是他和好友在國外做生意看上的寶貝。他們那時還不是大人物，手上沒有餘錢，最後把資金全砸上去買了這台車。

「敗家子」這個稱號跟著林和家好長一段時光，直到他再次振興林家，回到第一世家的地位。

「我們有父母的話，大概不會允許我們這麼亂來。我們既不懂事也不乖巧，就是長輩眼中的壞孩子。」

吳以文明白林和家迂迴地在開導他，孤子也能驕傲地活下去，就像他最喜歡的那個人。他默默聽著林和家開心聊著店長往昔的豐功偉業，就這麼來到林家宏偉的大門。

吳以文來過幾次，對林家氣派的本宅並不陌生，但從未像今天一樣，庭院裡停滿名車。而林和家哼著小曲，如入無人之境，一路從大門把金龜車開向華屋的車亭。

「小文，我們到了。」林和家口中帶著一份理所當然，和訪客不一樣，他是回家。

林和家一下車，腳步還沒站穩，就被林家兩名中生代子弟團團圍住。林和簷與林和堂一副像是遇上殺父仇人的模樣，但他們眼中可惡的傢伙，也是老父過世後一手拉拔他們長大的大哥。

還沒被興師問罪，林和家先回以溫暖的笑語。

「阿簷、阿堂，好久不見了，最近還好嗎？」

「林和家，你怎麼好意思問？不是早就把家裡人忘了！」

「阿簷，我們是兄弟，怎麼會不把你放在心上？」林和家上前給林和簷一個擁抱，平時嚴肅管教後輩的林和簷軍官，眼眶瞬間泛起淚光。

林和家放開不停抹臉就怕眼淚掉下來的林和簷，轉向一旁的冷面小生。

「阿堂，聽說你要結婚了？對象可是全世界最美的新娘子？」

「你別說你是特地回來參加我的婚禮。」林和堂死死板著臉，想到上次久別重逢，對方竟是爲了維護那間店，與林家爲敵，不可以輕易原諒叛徒。

「的確，弟弟比哥哥早結婚，我該找個角落去哭。不過我們家阿堂啊，本來就是個小帥哥，從小多少女孩子喜歡啊，也只有小妍這麼水靈的女子匹配得上。」

林家表面沒有反對，但內部並不祝福這段婚姻。眾所皆知，延世妍是那個人的小妹，更別說她虎視眈眈的老家，偏偏林和堂就是死心塌地喜歡著，非她不娶。

「你又知道什麼？」

「我只知道，只要阿堂喜歡，家哥都會支持你。」

林和堂顫抖雙脣：「眞的？」

「眞的，我回來了，你不要怕。」

林和家讓吳以文見識到如何在三言兩語間重新贏回至親的信任。他不說自己在外承受風雨的淒苦，說的全是爲他人著想的心意。

林和家打過招呼，帶著吳以文進屋。林和簷與林和堂不是沒看見那個古董店小子，但也沒有攔下男孩，因爲那是林和家所欲維護的人。

吳以文跟著林和家走入挑高的大廳，光鮮亮麗的人們漫遊其中，觥籌交錯。林和家冷不防現身，打破眾人熱鬧的笑語，尖叫此起彼落，就像發現死人復生。

林和家溫和接納眾人的反應，然後雍容一笑：「唉，這張臉有這麼嚇人嗎？今日初一，容我向諸位貴賓說聲『新年快樂』。」

大廳陷入死寂，直到中央一名老者沙啞出聲：「和家，你回來了。」

「大哥，我好想你。」

眾人注視著林和家與他那身不起眼的茶色外套，彬彬走向林家老家主。他不像外人猜想的，滿懷仇恨來奪位，而是老家主把他召回林家。

林家老家主挪著蹣跚腳步，拉起林和家的手：「我向大家宣布一件事，半月後，也就是林家的春宴，我要將家主的位子交棒給和家。屆時，請諸位來賓共襄盛舉。」

林和家跟著朗聲笑道：「請大家多多關照了。」

賓客停頓三秒，消化完這消息，才響起如雷掌聲。祝福中夾雜著人們的低語：林家不是要重新起飛，就是要完蛋了。

林和家領著吳以文，微笑向老家主介紹他的孩子。老家主省略所有客套話，臉色大變，直接向身兼他養子與小弟雙重身分的林和家質問：「你是什麼意思？」

「大哥，你不要這麼凶嘛，會嚇到孩子。」

「說清楚，不要跟我打迷糊仗！」

「這是我寶貝，好友性命相託的義子，暫且叫他『文文』好了。」

「胡鬧！」老家主一聲大喝，所有人看了過來。

「成叔，不好意思，請幫我們準備一個說話的房間。我看，也一併把律品三個孩子叫來吧！」林和家交代下去，站在一旁待命的老管家立刻著手安排事宜。

吳以文拉住林和家衣角，對事態的變化感到不安。林和家雖然覺得男孩的小動作非常可愛，但暫時不能摸摸他的頭。

不到三分鐘，成管家回來覆命，帶著盛怒的老家主和新一任準家主前往書房，也就是吳以文曾經潛入竊取文件的那一間。牆上掛著雲屏和書畫，四周是花梨木書架，東方古意濃厚，中央的紅木桌上卻放著黑白西洋棋。

林和家偏頭向吳以文眨眼：「棋盤是我和阿相黏上去的。」

老家主聽見林和家的話，惡狠狠瞪來。

林律人最先趕到書房，見了吳以文，眼鏡下一雙清眸睜得老大。

「律人。」吳以文輕聲喚道，林律人只能站在老家主身後，別開視線。

林律品接著出現，一改往昔對吳以文熱絡的態度，冷笑以對。

「哎喲，這不是連海聲的小家奴嗎？今天什麼日子，竟然跟著被林家逐出的無恥叛徒大駕光臨？家裡人手再怎麼短缺，也不該新年招聘清潔工吧？」

「律品，住口！」老家主喝斥一聲，林律品自討沒趣地閉上嘴。

「小品，這孩子不是來當下人。」林和家委婉說明。

林律品不耐煩地揮動長指，冷冷地回：「我當然知道，但我就是嚥不下這口氣。小叔，你當初一走了之，爛攤子誰收的？今日回來，又帶著不知底細的小子要他做繼承人，你怎麼可以這麼不要臉？」

「品。」吳以文低低喚了聲。

「你別說話！不要以爲長得可愛我就會原諒你，我生平最討厭別人搶我東西！很委屈嗎？不喜歡早就拒絕了，這就是你想要的結果吧？你要信任你的律人情何以堪？」

林律品和林律人素來交惡，但林家人遇大事總是向著家裡人，也就是他現在把吳以文劃在外人那邊，氣憤他背叛他們兄弟一直以來爲他付出的眞誠心意。

吳以文低下頭，不打算澄清，讓林律品更加生氣。

這時，第三位公子，林律行頭頂綁著一束沖天炮、穿著考生苦讀必備的運動服蹦跳而來，沉重的氣氛瞬間被破壞殆盡。

「小叔，新年快樂！大混蛋，我還以爲你永遠不回家了！」

「行行！」林和家情不自禁過去抱起林律行轉兩圈。林律行雖然有些彆扭，但也任由林和家抱抱，誰教無子的小叔從小就疼他。

「我聽說你要招古董店那個小店員當義子，眞的假的？我跟他打過一架後就覺得跟他特別投緣，當我弟弟剛剛好！」

「喂喂，阿行，你看清楚，以後這個男孩子就是你家主之位最大競爭對手。」林律品受不了地按住林律行的髮束，希望關掉小精靈的動力。

林律行吼了聲，揮開混蛋堂哥的手。

「很好啊，他看起來呆呆的，其實強得要命，你們不是都知道？」

「就是說。」林律人輕應一聲，因而遭到老家主的怒視。

老家主極力反對：「我不允許，延世相的教訓，不需要再來一次！」

「大哥，我承認當初是我做錯了。」

「既然錯了，爲何還要重蹈覆轍？」

「我不會重蹈覆轍，因爲我這一次絕不退讓。」林和家不擅長面對衝突，但這是好友未竟的憾恨，他賭上性命都要實現對方的心願。「我要給就不會給一半，實實在在，不讓這孩子像阿相受盡委屈。」

吳以文不習慣被這麼小心翼翼保護著，鼓起勇氣，站出來回應。

「伯伯，我想要，當律人的兄弟，請讓我……」

老家主不由分說，一巴掌打下去，毫不掩飾對吳以文的嫌惡。幸好吳以文反應快，只被對方的小指劃出一道紅痕。

「這個家沒你說話的餘地，我眼沒瞎，你就跟那個姓延的垃圾一樣，都是賤人！」

下一秒，林和家向老家主揮拳過去，溫文儒雅的形象不復存在，兩任家主大人就這麼扭打成一團。

林律人和吳以文一人拔一邊，好不容易才分開兩人，老家主沒什麼大礙，倒是林和家被打得鼻青臉腫。他本來就燒傷半邊臉，看起來更是嚇人。

林家上下全趕了過來，聽聞遠歸的和家小老爺動手揍了大老爺，嚇都快嚇死了。

「成叔、秦姨，眞抱歉，大過年的……」林和家腳邊一個踉蹌，吳以文及時扶住他。

「大哥，我心意已決，煩請你愼重考慮。叨擾了，我和小文先回去了。」

吳以文扶著林和家從側門出去，把金龜車開過來。林和家按住流鼻血的鼻子，唉聲嘆氣坐上副駕駛座。

「對不起，叔叔做了不好的示範。」

吳以文頂著發呆的臉，想起自己爲了童明夜和天海老貓翻臉的事，不是不知道翻臉的後果，實在是忍受不了寶貝被欺負。

林和家仰頭試圖止住鼻血，啊啊，頭好昏。突然一隻溫暖的手覆住他額際，沒有聲音，但他能感受到吳以文的關心。

「小文，我們去個地方看看，就在附近。」

「好。」吳以文變得有問必答。

林和家忍不住微笑，他的愚蠢行徑約莫打動了這孩子。

離林家本宅不到一公里的距離，路口處矗立著一棟老舊的三層樓洋房。說是洋房，屋頂卻覆著中式的琉璃青瓦。林和家相信吳以文應該不陌生，他們店裡的寶物多半就是從這間房子搬過去，也就是延世相的故居。

「你老闆從十五歲就住在這裡，我想多讓你了解他年少時候的模樣，好重現他當年的風采。」林和家翻找他收在皮夾裡層的舊鑰匙，吳以文早一步拿出他的常用鑰匙串，打開寶藍色大門。

屋裡很空，除了灰塵沒剩下什麼，大廳只有一架老鋼琴。即使只剩這麼一件舊物，林和家還是被觸動滿載的回憶。

「那琴從我房裡搬來的。阿相運動細胞不太好，在林家春宴的舞會吃了虧，他就花了一年埋頭苦練，我彈琴、雯雯陪練，一曲又一曲。雖然源自於他的意氣之爭，但那是我心頭最美好的時光。」

林和家閉上眼，還能見到兩人翩然起舞的身影。

「老闆會跳舞？」

「他不僅會跳，還跳得很好，白總統千金就是和他一舞定情。」林和家百感交集，若不是在舞會上認識了白錦儀，延世相不會踏入政界，也不會拋下一起長大的雯雯另娶他人，也就不會有第二任商敏、和亭的感情債，也就不會發生五年前的悲劇。

林和家收起回憶，望向眼前的男孩子。

「小文，半月後就是林家春宴，上流社會最盛大的舞會，政商名流都會出席。在那之前，我得把你調教成最一流的紳士。」

「好，我會學。」

吳以文一改昨晚抗拒的態度，乾脆地答應下來；林和家不免意外。

「林家老頭看不起老闆，我要讓他，氣到吐血。」

林和家失笑道：「你這孩子，不服輸的個性還眞是和阿相一個樣。」

連海聲倚坐在床榻，右手腕栓著一條精緻的細金鍊子。從他正式回到「家門」，他親愛的家人就把他和床上的老人關在一塊，美其名要他盡孝，實際上就是監禁。

「相兒，這些年真是苦了你，我一直很想念你……」

連海聲木然看著臥床任由便溺發臭的老人，很難從那身乾癟的皮囊找出一絲過去統領帝國的霸主風采。

「父親，人之將死其言也善，你爲何仍是滿口謊言？」

「你這孩子把人想得太壞了，我所做的一切都是爲你好。若非你當年堅決離開，我身上的位子，除了你，還能留給誰？」

連海聲無法否認，他至今還是對王位殘存幾分念想。因爲他就在那塊土地長大，不管逃得多遠，骨肉靈魂已經被扭曲的價値觀污染大半。權和錢、錢和權。

但他不可能接受老者施予他的假設——只要他忠誠，就能得到幸福。不對，他當時要是軟下膝蓋，他就會失去那女人。他寧可被炸個十萬遍，也不會捨棄與她朝夕相伴的二十年歲月。

「你想要我屈服，到死也不可能。」

「你會的……」老人喃喃，然後閉上雙目。

連海聲按著胸口起身，吃力地替身形高大的老人翻身，擦拭老人身下的屎尿。他一邊咒罵一邊暗暗立誓，這輩子絕對不要活到老死，而且死前一定要叫吳以文跟身邊那群沒小孩的老男人、老女人斷絕關係，省得被發臭無用的老人拖累人生。

就在連海聲弄得滿身大汗的時候，房門開了，走進一名穿著純白綢衣的男人，也就是他主要的交易對象，他的名義大哥、平陵延郡的東宮太子。

「好臭，爸爸還沒死嗎？」太子皺眉捂住口鼻。

「你也沒死啊。」

「相弟，我終於想好對價的承諾了。」

「辛苦你的腦子。」

不管連海聲再冷淡，太子爺仍親暱和他說著話。連海聲對這人的心防可是用性命換來，沒那麼簡單幾句話打破。在他涉世未深的小時候，這人上午才拉過他的手，說要與他共天下，下午他就被大媽底下的人推進池子。

「我想要你移民的小島國。」太子一派輕鬆地說，不像要謀奪國家，而像是索求一個小玩具。

「神經病，請將你的夢話具體而言。」

「我這輩子沒意外的話，會活很久、很久，想要一個小國來玩。」

連海聲聽這人說話，才知道討厭一個人沒有極限，連在同一個房間呼吸都讓他想吐。

「你智商不高，我就不跟你計較。你的目標物並非我的所有物，而且依郡內的財政狀況，你很快就會失去玩樂的本錢。」

「我不管，我只問你弄不弄得到手。」

「恕我拒絕。」

「你該不會把那座小小島當作你的家鄉吧？」

「關你屁事。」

太子開心笑道：「這讓我更想要弄到手，再毀掉。」

連海聲很不舒服，想起陰冥對他的指責，這國家之所以會引來南洋帝國併吞的興致，都是因爲他來這裡落腳。

「我不須要答應你的要求，反正只要我留在這裡，你就不能派人傷害他的性命，否則諾約終止。」

「你會答應的，因爲你在這裡已經證明，那孩子對你而言，比自己性命還重要。」

太子從衣服內袋拿出一疊照片，不同死者開膛剖肚的血腥照，一張又一張展現給連海聲看。連海聲拍開這瘋子的手，照片散落一地。

「你那噁心的怪癖是你家的事，我沒有興趣。」

「弟，你再看清楚些，有你在意的小驚喜。」

連海聲逼不得已，低眸對著地上的照片找線索，略去死者的死狀，他們葬身的場所似乎是同一個地方。

連海聲看得眼熟，尤其是死者在玄關被勒斃的那張，玄關——木造長廊——寬闊的大廳——房屋格局獨樹一格，因爲當初蓋房子的時候，雙親想爲孩子建造一間寬廣的畫室，但後來那個孩子棄畫去當警察。至此，連海聲幾乎可以確定，這是吳韜光他家。

「你猜猜看，小凶手的行凶過程有沒有被室內監視器捕捉到？」

太子不用把話明說開來，連海聲就猜到那個模糊的眞相。

——用「小」形容凶手，可見犯人是小孩子。

——華醫生對他私語：他衣服上的血跡不是他的。

——老闆，對不起，我很骯髒。

連海聲過去總駁斥店員想太多，沒想到吳以文其實是沉重向他告白。店員打死不想回到那個家，就因爲那裡充滿血腥和死亡，連海聲卻一而再逼吳以文回去受折磨。

「就算你說的是事實，那又如何？他那時候還那麼小，又是出自正當防衛，加上組織見不得人的勾當，這種違法的證據你也拿不出手。」

「組織是太女的組織，與我何關？」太子笑著反問，一臉幸災樂禍，巴不得早日把長姊踹下地獄。「我也沒打算讓他接受你們什麼法律的制裁，只要照片和影片散播出去，他就是該死的殺人凶手，一輩子都不可能活在陽光下。」

「你，敢碰他一根寒毛試試看。」

「眞不錯，我就想看到你這種表情。」

太子伸手，挑起連海聲額前一綹細髮。

「弟，如果你不接受我的要求，我就讓他下半生陷在惡夢中，永遠無法得救。」

連海聲閉上眼，腦中浮現與殺戮完全無關的意象。去年新年，他給了吳以文一個紅包，告訴他這是傳統禮俗，大人必須付出錢財給還沒成年的小屁孩壓歲，希望笨蛋能平安長大。吳以文把腦袋靠上他手心，低低地說：老闆希望我活著，我就會活下去。

他時間所剩無幾，卻貪心地想看吳以文長大，平安快樂地長大。

連海聲抬起頭，毅然答應太子的要求，只是他要附上一個條件——

「你沒有孩子，認他做你的孩子。依家鄉落後的王法，只要他成爲貴人，殺幾個奴才也無妨。」

太子的臉皮不自然地顫動兩下，像是想笑而強忍下來。

「好啊，孩子什麼的，我才無所謂。但立儲後，他必須到南洋深宮接受世族的教養，以後再也和你毫無瓜葛，你捨得嗎？」

「少廢話。」

「那好，從今以後，你的寶貝是我的了。」

三、紳士養成

菸頭代替熏香塞滿青瓷燭台，林律品在門窗緊閉的臥房呼出一口白煙，存心要用尼古丁熏死自己。

「叩叩」，林律品聞聲望去，陽台落地窗外，就站著他努力討厭一天一夜的古董店男孩。他呆了好一會，直到香菸燙到手指才驚醒過來。

林律品把菸摁熄，赤腳跑向陽台，用力拉開落地窗，冷風迎面襲來，是夢都該醒來，但吳以文仍站在原地揹著貓咪背包，直溜溜地望著他。

「品，晚安。」

「晚安什麼？大年初二，回娘家嗎？」林律品沒好氣地回，黑白分明的眸子瞪去一眼，假裝他一點都沒期待男孩出現。

吳以文往林律品身上嗅了嗅，皺起細眉。

「你又抽菸。」

「那又如何？你管我這麼多幹嘛？你是我什麼人？」

「不想你早死。」吳以文拿出一只黑色塑膠袋，依序從窗台、書桌撿到床頭，清出十來個菸蒂。

林律品看在眼裡，以往他所喜愛店員的那份體貼和關懷，如今都變得非常刺眼。他猛然把吳以文推倒在床，整個人壓制上去。

「你明知我對你的心意，你是什麼意思？」

吳以文雙眼直視著林律品，認眞地說：「我想拜託貴爲林家長公子的你，幫忙。」

「春宴的舞會對吧？要我幫你這個敵人，我又不是傻了？」

「品，我想學習當一個，成熟的男人。站在你身邊也不會有人說，我是小孩子。」

林律品垂眼想像一番，不得不承認，親手調教這個男孩子，把他捏塑成自己的形狀，實在很有吸引力。

「我可不做白工，你也要付出應有代價。」

「品要什麼？」

林律品差點把眞心話脫口而出，但又強忍下來。要是他被直截拒絕，以後連這點粉紅泡泡都討不到。

吳以文看了看林律品掙扎的眉眼，然後伸手把人緊抱入懷。

兩人胸口緊貼在一起，林律品幾乎控制不了心跳。

「你就不怕我對你做什麼嗎？」

「不怕。」

「很好。」林律品想要起身實行他危險的念頭，卻發現自己動彈不得。

吳以文看來還頗有餘裕，大概沒出到三分力，就把大他四歲的林律品完全制伏。

「我很厲害，品不用擔心，一時衝動，傷害我。」

「力氣大了不起嗎？我可以把你灌醉……算了。」林律品想起上次他們三兄弟被店員一個人放倒的慘烈事蹟。

「品也不要常常去外面喝酒。」

「怎樣？我高興。」

「可是，我不喜歡。」

林律品雙親也經常這麼對他說，第一句是表面話「我擔心你出事」，後來才是實情，「你會傷害家族顏面」、「風聲傳出去不好」，越罵他越往外跑，就算外面的世界也不是多開心，但都比待在這個家悶死來得好。

而吳以文的話卻帶著另一層含意，把林律品這些年經歷的痛苦和委屈帶上心頭，害他克制不住情感，眼角漏出一滴淚。

林律品不敢承認，他實在非常地寂寞。

「你不喜歡有什麼用？你能來陪我嗎？」

「我要工作。」吳以文坦誠實行上有困難，古董店店員的職責總是他的第一位。

「難道我就很閒嗎？我只是需要一些、一些……」

「貓咪抱抱。」

林律品滿腔的情緒瞬間洩下，氣得大吼：「你眞的很討人厭！」

「我以爲，品喜歡我。」

「那是眞的，我就是喜歡男孩子的死變態。」

「品不變態，我很高興你喜歡我。」

「跟你這種單純的小孩子想的不一樣，我的喜歡可是飽含醜陋的欲望。」

「還是很高興。」

林律品本來以爲自己已經強悍到不須要被人理解，但被體諒、被接納，他心底卻忍不住生起同樣的想法：還是很高興。

「好吧，幫你也可以，不過一點小忙。」

「耶，品最好了。」

「不要以爲你笑我就……」林律品呆怔看著吳以文，沒想到這世上竟然有比權勢更強大的凶器。

「貓咪抱抱！」

「不要加強力道，痛痛痛！」

吳以文放開手，滾過半圈，和林律品並肩躺在床上。林律品側身覷著吳以文，可惜又變回撲克臉蛋。

林律品半閉上眼，輕聲囑咐：「明天同一時間過來，逾時不候。」

吳以文輕輕頷首，直到哄睡大王子殿下才離開。

隔天，吳以文照林律品說的，穿上最正式的服裝，戰勝林家所有保全系統而來。

林律品兩手插在明黃色吊帶褲上，咬著戒菸用的芹菜梗，毫不留情地嫌棄吳以文那身白襯衫和西裝褲，根本是他們家的佣人，一點品味也沒有。

「叔叔買給我的。」吳以文看衣服的標價有五個小和多（十萬），應該很高級。

「和家小叔長相路人，當然會選安全牌的服裝。你不行，你五官小，人又小隻，更要用衣服襯托出氣勢。」

林律品打開房間佔滿兩面牆的衣櫥，吳以文跟在他身後參觀。

「你，脫掉。」

「脫光？」

林律品天人交戰三秒，才說：「上衣就好，褲子我再去阿行、律人那邊找。」

吳以文點點頭。

林律品打開他的聖人模式，目不斜視地爲吳以文穿穿脫脫，試過所有色彩和款式，發現吳以文意外適合黑色系，只是穿上去沒生出氣質，只有壓制人的殺氣，不適合晚宴。最後林律品沮喪地換回吳以文穿來的那件白襯衫，這傢伙就適合基本款，林和家眼光沒有錯。

林律品一邊爲吳以文束起海藍細領結，一邊說起他打探到的新消息。

「聽說連海聲不在國內，和家小叔接手那間店。」

「叔叔陪我過年。」吳以文心底很感激林和家，但就像店長一樣，死也不對本人說，就是要欺負叔叔。

「家裡一直給他留位子，是他自己不回來吃團圓飯；不過不回來也好，耳根清靜。」

林律品向吳以文抱怨過年親戚有多煩人。三姑六婆全圍上來，向他母親打聽他的性向，母親被逼得揚高音否認。他在旁邊看著母親的窘態，與其說是羞憤，還不如說是感到抱歉，對於出生在世上這件事。

「要是我，就摔她們。」吳以文在古董店摔過好多冒犯店長的客人。

「不能摔。」林律品失笑道，長指理好吳以文的白襯衫衣領。

「爲什麼？」

「要保留母親的顏面。」

「我沒有媽媽。」

「這就是你是野孩子，我是世家公子的差別。紳士就是櫥窗展示的西裝，不能有情緒的縐褶，在人前，隨時隨地都要保持風度。有什麼不開心，私下再欺負律人就好。」

「品，不要欺負律人。」吳以文拉住林律品的衣袖。

「我盡量。」林律品不帶誠意地答應。

「當紳士，很辛苦。」吳以文小小聲嘆氣，不能摔人。

「你不想迎合別人的話，還有一條路可以走。」林律品對晚宴有私藏的祕招，但他從來沒用過。

「什麼？」

「延世相路線——從開場不停找女伴跳舞到散場。他最高記錄在春宴和十六名千金跳過，環肥燕瘦，來者不拒。包括帶著拖油瓶的失婚女子，他就是這樣追到律人他媽。」

吳以文聽完之後，呆了好一陣子。

「你不是要扮演他的遺孤？這模式剛剛好。」林律品故意調侃一句，雖然他不太情願看著吳以文和別的女人共舞。

「那是因爲，『他』很帥。」吳以文一臉沉重。雖然好友都說他可愛，但班上女同學都不想跟他同組，覺得他很陰沉。

「這倒是。」林律品差點因爲自身的偏好沒注意到這個盲點。

「品也很帥。」

「哦？」林律品勾起脣，心花怒放。

「超、帥！」吳以文對喜歡的人從不吝惜讚美。

林律品微笑拉過吳以文的手，自然而然，就地在房間起舞。

吳以文配合林律品的舞步，睜大眼認眞學習，一、二、三，轉圈，一、二、三。

「不錯嘛，學得很好！」

吳以文反握住林律品的手，男女方轉換，帶他快步跳起來，就像在玩耍。林律品微闔上眼，有些享受、有些沉醉。

「春宴那天，你不如就跟我……」

「律品，你房裡是有老鼠喔，好吵！」林律行的大嗓門隨著洞開的房門加大分貝，打斷林律品的話。

沒有紙包得住的火，也沒有不透風的牆，而且林律行就住在林律品隔壁，沒兩天就發現吳以文這名夜行訪客。

林律行一時間和林律品與他金屋藏嬌的少年僵持不下。

「律行學長，晚安。」

「你為什麼會在我家？回娘家嗎？都初三了！」林律行冒出的念頭和林律品微妙重合，雖然從裡到外都不像，但總歸是兄弟。

林律行聽完吳以文說明來意，還是擺著一張臭臉。

「地板砰砰響個不停，誰知道你們在房間幹什麼？」林律行非常不爽，林律品聽得邪氣一笑。

「對不起，打擾學長讀書。」

「不用道歉，其實我也讀不太下去。和家小叔說要領養你之後，我滿腦子都是你穿圍裙做飯給我們兄弟吃的畫面。這樣多好啊，大伯到底在不爽啥？」

吳以文有求必應，問道：「學長要吃三明治？」

「好啊！」

「阿行，你不覺得你很多餘嗎？」林律品伸手壓住林律行的腦袋，真不會看人臉色。

「他一定會做你的份，計較什麼？吳以文，再幫這個混蛋沖一壺奶茶過來。」

「是。」

吳以文下樓後，林律行不停誇讚學弟乖巧的表現，可惜家裡沒有姊妹可以嫁給他，只有上下兩個很想娶他回家作伴的兄弟。

林律行忍不住嘆道：「律品，要是我們不是世族就好，領養小孩也有一堆人碎嘴。」

「小行行，沒想到有天竟然能聽你說起這種感慨。」

「我一直很高興能生做林家人，不像其他大家族，大伯叔叔都很認真工作，沒有自私的敗家子。而且還有律因大哥、你跟律人當我兄弟，我很幸運。」

「阿行，你雖然草莽了些，但氣度倒是很足。」

林律行真希望林律品說話能簡單一點，好像在誇他又好像不是。

「而且他是孤兒，如果我們當他兄弟，他就有家人了。」

「唉，如果溫柔是遴選家主的條件，我和律人弟弟大概輸慘了。」

「什麼啊？」

沒多久，吳以文端著三明治和奶茶回來，身後多了一個人，林律人幾乎貼在他背上。

「律人，你要一起吃宵夜嗎？」林律行用力招呼一聲。

「小行哥，不了。」

「律人弟弟，你纖細的心靈又怎麼了？」林律品瞇眼丈量兩人之間的距離。

「我手指被紙割到，出來找藥……」林律人抽噎回應，沒了平時和林律品叫囂的氣勢，好不可憐。

吳以文拿出隨身藥膏，爲林律人需要用放大鏡看的傷口擦上藥，再捧在手心呼兩下。

「以文，我手好痛……」林律人顫著聲音，眼角隨時都會掉下淚珠。「這些日子想你卻不見你，心也好痛。」

「律人，我在，不痛、不痛。」吳以文摸摸好友的頭，林律人哭著抱緊他。

如此一分半鐘，林律人放開手，跑向門口，一顧三回眸，然後掩面離開。

「你們是怎樣？大伯又沒有罵他！」林律行看得莫名其妙，不懂他們好友的情趣。林律品則對小表弟的演技有了新的認識，還眞是優秀。

吳以文拿出手機，發訊息給童明夜。童明夜表示林律人已經打電話向他哭訴三天，就像失戀一樣，只是兩人明明已經有未婚妻和女朋友了，眞令人羨慕！

——明夜，照顧好律人。

——阿文，你才要多保重。我這裡有件事，等你有空再聊。

吳以文神色不變，把手機收起來。

「吳以文，你說你要學習世家公子的儀態啊？」林律行塞了滿口三明治，口齒不清地表示。

吳以文點點頭。

「我教你一個訣竅，就是適時地拒絕別人！」

「阿行，在我房間吃得滿地碎屑就算了，吃飽就出去吧？」林律品笑咪咪地趕人，不要破壞他的養成遊戲。

林律行難得有學長指導學弟的機會，幹勁十足，沒有理會林律品。

「成叔、和家小叔那種男人是靠歲月淬練出來，連呼吸都很客氣，我們這種毛頭小子學不來的。像我，爲了維持高貴的形象，從來不跟比我高的女人跳舞！要跳也只跟情情跳。情情是成叔的孫女，因爲她長得比所有人都還高，大家就不會說我是矮子！」

林律行的話啓發了吳以文，他半跪下來，握住林律行雙手。

「律行學長，春宴，請跟我跳舞！」

「啊？可以是可以，不過我只有開場有空，剩下的時間我要吃東西……」

「謝謝學長！」

林律品喉頭「啊」了聲，卻只能看著吳以文開心抓著林律行的手爪搖，達成小動物間的協議。

一直到吳以文收拾清空的碗盤離開，林律品才動手扭住林律行因爲過年而長胖不少的肉頰。

「你幹嘛、幹嘛啊？」

「阿行，你是裝傻還是眞傻？給我說清楚這是你第幾次捷足先登？」

林律行不知道林律品在氣什麼，只憑直覺抓到他計較的點。

「你想跟他手牽手開舞你就說出來啊，矜持有屁用？」

「沒有受過正統西方教育的你懂什麼！」

「我是沒有像你和律人去國外留學啦，我只知道，好吃的肉要快點挾進碗裡。」林律行眼也不眨地說道，對他而言，紳士風度那種東西，能吃嗎？

「啊啊！」林律品被戳到痛處，發出敗北的吼叫。

童明夜找不到他失聯的小爹，只得在天海過年，去年似乎也是如此，一年又一年，離從良洗白的日子又更遠一些。

陰老爺子年前中風倒下，現在幫中事務由晴雨阿姨主持。陰阿姨原本已經金盆洗手，再三向幫中的野心分子聲明她無意幫主之位，卻換來阿文撞車、小冥學姊被襲擊。幫中的人渣竟然與南洋那邊的垃圾聯手傷害她的小寶貝，無疑踩中她的大地雷，忍無可忍，於是她拋下重傷的丈夫，回頭接下天海幫聯。

也因此，童明夜這個名義少主變得很尷尬，雖然阿姨人很好沒說什麼，他還是爲了避嫌，自願請調來照顧老爺子。

老爺子病後過得不差，吃喝拉撒都有專人打理，只是在這間榻榻米小房間，再也沒有坐在廳堂一呼百諾的熱鬧，連隻貓都看不見。

童明夜正想著，榻上的老爺子對他「啊啊」出聲，他回過神來。

「爺，要喝水嗎？來，慢慢喝。」

喝完水，童明夜用手巾仔細擦乾老幫主的面頰。他們話劇團常跑養老院，他在旁邊觀摩吳以文照顧病人的手法，自己也學了一些。

老幫主拉住童明夜的手腕，童明夜湊近細聽。

「夜，對不起……」

「哎喲，都過去了。說起來我也不是你的眞孫子，可你花在我身上的心血大概只略輸給小冥姊姊。你別再找人暗算我爸就好，他最近心情不太好，我怕他亂殺人。」

「幫主之位，我想……給你……」

童明夜連忙捂住老幫主的嘴，緊張地看向窗外和門外，深怕隔牆有耳。

「您老人家還會活很久，專心養病就好。您還想看著小冥小姐替你生個曾孫不是嗎？她和阿文不會分了啦，你就敬請期待。」

老幫主仍不死心，像個娃娃咿呀出聲：「你要什麼……我都給你……」

「我知道您的意思，就是一種疼孫的心情，但我眞的不需要了。」

童明夜小時候也曾過上一段好日子，天眞地以爲只要乖乖聽話，老幫主高興了，爸爸就能回來跟媽媽一起生活。

就算母親死了，他還是不死心，在九聯十八幫東奔西走，想拿到一份贖罪的和議書，換得父親的自由。但眞的拿到了才知道，困著他小爹的枷鎖從來都不是區區的天海幫聯。

童明夜努力維持臉上體恤的笑容，直到老幫主沉沉睡去，鬆開緊箍他的手。他以跪姿退出房間，才拉上紙門，肩頭就被大哥大姊搭住。

「藍姊、蒼哥，喔嗨喲，莎那嘿喲！」童明夜抬起頭，乾笑著面臨第二道關卡，而且一次還雙關主。

「夜，新年快樂，給你紅包。」大堂主姊姊微笑再微笑。

「小夜，你這包特別大，不要告訴別人。」二堂主哥哥粗獷的臉龐展露鐵漢柔情。

「哎喲、哎喲，這怎麼好意思！」紅包在前，童明夜立刻棄械投降。

「其實我們想跟你談談陰冥孫小姐的事。」他們話鋒一轉，來到沉重的人生大事，童明夜心頭戈登一聲。

「我突然想起我還有事捏……」童明夜想溜，但他緊抓的紅包另一端死不放手。

大堂主藍姊姊，一聲嘆息開場。

「先前發生太多事，天海差點因此分裂，全是因爲孫小姐那個男朋友。那個少年很有手段，沒有你以爲的單純。」

「要不是你們表情那麼認眞，我都要以爲你們在說我朋友很假的壞話。」童明夜撥了下額際的金髮，露出不善的眼神，表示一點憤慨，希望這話題到此爲止。

「夜，等你失去幫主的位子，你會後悔的。」

「你們放一百個心，我沒有要繼承天海，我和阿文也絕不會相愛相殺。」

「你還小，你不明白。」

「那我爸呢？他是不是明白了什麼？」

童明夜一抬出殺手的名號，姊姊哥哥立刻臉色微變。他不禁在心裡慨嘆，這世道果然還是要靠爸。

「我很喜歡你們，你們一直以來都對我很好，所以我話不想說得太明。老幫主退了，你們也得爲自己未來的出路打算，選一個乖的總比一個強的好。」

「夜，你誤會我們了。」

「我也希望如此。請你們不要動那個男孩子，絕對不行。」

身爲孤子，爲了在這險惡的社會存活下來，哪能沒藏點祕密和心機？自從學生會長選舉，吳以文冒出頭之後，再也不是受人悲憐的角色，童明夜開始聽見有人說小文文城府好深、好可怕。

而吳以文還是那張撲克臉，淡然地說：會怕就好。

他和林律人看在眼裡，不知道是多大的激勵。原來孤子也能活得這麼驕傲。

可是當童明夜年前邀請吳以文一起來天海過年，吳以文拒絕，說他要顧店等老闆回來，童明夜可以感覺得到吳以文其實很不安。孤兒就是這點不好，隨時擔心被拋下。

所以，不行，絕對不可以。

童明夜深吸口氣，堆上看似屈服的笑容。

「這話題也太沉重了，我就當你們沒說過。阿姨開完幫會，跟她說我去街上走走，不回來吃晚飯。」

童明夜揮揮手離開，兩位堂主沒阻止，底下的天海幫眾也不敢攔他，任他跨上機車揚長而去。

他出來這趟，沒有特別遠大的計畫，只是想找家小店講手機找朋友聊天，沒想到意外瞥見一道熟悉的身影，像抹遊魂從街角走過。

「連老闆！」童明夜失聲大喊，街上的人都往他看來。

那人回首，美目隱隱含著一股幽怨，娉婷的身姿搭上那襲深藍的繡花長袍，童明夜還以爲是從畫裡跑出來的仙女。明明見過好幾次，還是覺得這男人美到不像人。

「眞巧吶，你剪頭髮了？來這裡出差喔？阿文知道嗎？」童明夜跑過去搭訕。

連海聲才見過殺手不久，又看見同一張臉，厭惡之情溢於言表。

「別這樣嘛，雖然上次阿文是靠自己打飛敵人，但我好歹也有出到力，你千萬別說要我退錢！我可是一毛都沒有！」童明夜的存款全貢獻給他小爹喝花酒抒壓，被林律人痛罵也改不了供養父親的習慣。

連海聲臉上完全沒有表情，撲克臉的極致，使得童明夜不好再造次下去。

連海聲轉身走人，只是童明夜比他更早發現不對勁，及時扶住栽倒的大美人。

「你還好嗎？要不要到醫院？」

「不要，找個地方，坐一坐就好……」

童明夜把連海聲帶到鄰近的南洋小吃店，店裡的老闆娘他認識，跟老闆娘借了一處比較隱蔽的位子和濕毛巾。

連海聲垂著長睫，半靠在牆邊。童明夜看年節時候生意忙，先去幫忙老闆娘端菜送湯、逗了下襁褓中的小妹妹，才又回來看著大美人。

「我叫了河粉和米線，你吃點東西比較好。」

「有沒有人說過你很多管閒事？」

童明夜常去古董店蹭飯吃，大概被店長罵習慣了，只是傻笑。

連海聲拿起筷子，大口吃著湯麵，似乎餓了很久。

童明夜真不明白，囂張慣了的店長大人怎麼會放著古董店的美食和小可愛店員，跑來這裡受罪？

「我看你手腳有電子銬，你是不是被軟禁啊？」

「小子，吃你的飯。」連海聲拉上袖口，但童明夜還是注意到手銬上的計時器。

「阿文知道嗎？」

「不要告訴他。」

「啊啊……」童明夜很傷腦筋，雖然吳以文瞞過他很多事，但他連內褲的破洞都是小文文補好的，藏不住話。

「這關係到他日後的前程，如果你讓我的計畫功虧一簣，我會讓你下半輩子只能喝水溝水過活。」

「你不會跟小孩子計較啦！」童明夜隨口回了句。在校長大人的宣傳下，「連先生」可是投資建立體育班的大善人，要多少給多少。童明夜從這位金主手中拿到的獎學金大概比他爸給的家用多上一千萬倍。

連海聲冷冷看著童明夜，童明夜乖乖閉上嘴。

「啊對了，你要不要看我們拍的照片？」

童明夜把板凳從對座移到邊角，點開手機裡的相簿。相簿忠實記錄他們三個校園偶像每一場話劇表演，一張照片他隨便就能說上七、八分鐘，好多趣事可以講。

連海聲沒搭理童明夜的話，但也沒叫他閉嘴。

「哦哦哦，你看這張、這張，有點糊掉了，是我跟阿人吃便當的時候偷拍到的，阿文難得的笑顏，眞可愛！他其實是個很容易開心的孩子，只是表情對不上心情。」

童明夜要換下一張，被連海聲喝止。

「不要動。」

連海聲伸出手，似乎想碰觸男孩的笑容。童明夜拿給他碰，畢竟是大美人親手養大的，不用客氣啊，大美人卻縮回手。

「照片我可以傳給你。」童明夜不介意把吳以文的好分享給他老闆。

「不用，看看就好。」

童明夜抓了抓半褪色的金髮。他一直覺得這個漂亮男人很難懂，吳以文應該讓更溫柔的人養著才是，但上次吳以文重病，連海聲特地拜託他照顧那孩子，一聲又一聲。童明夜感覺得到，這男人幾乎把全部的感情放在吳以文身上，不禁對魔女店長有些改觀。

「連老闆，你只要一句話，我身上有槍，隨時可以救你走。」

連海聲垂下長睫，只是說：「不必，他爲了見我，什麼苦都會忍受。」

「所以說，你是故意被囚嗎？不要這麼無聊好嗎？回去跟阿文過年啦！」

「九聯十八幫都欠我人情，包括天海。」

連海聲突然插了這麼一句，害童明夜不知道該怎麼回應。

「你父親的冤債，我能解決；你高中到體院的所有費用甚至申請相關教職，我也能請鍾校長打理。」

「等等，太恐怖了，不要隨便決定我的人生好嗎？」童明夜聽得毛骨悚然。

「不然你一個小混混還有什麼建設性的規劃？」

「雖然就像你說的那樣，但自己努力跟靠別人安排，還是有本質上的差別。對了，我的未來志願是跟阿文當一輩子的好兄弟喲！」

童明夜還以爲說完連海聲會嘲笑他，連海聲卻凝視他好一會，然後扶著桌緣向他頷首，輕聲說著：「拜託你了。」

童明夜快要被連海聲的反常嚇出一屁股冷汗，這男人要不是瘋了，就是快要死了。

「連老闆，你要託孤，應該有更可靠的對象才對。」

「我沒什麼朋友。」

嗯，這個童明夜相信。

「真說起來有一個，可林家這個擔子，林和家放不下。」性格使然，連海聲很難完全信任人，只能相信現實。

「什麼？」

「你很善良，怎麼看都不像該在道上混。」

人人都說他是最佳的天海少主，連海聲一句話否定掉，童明夜真有些感激。

「我就是子承父業，沒辦法。」

「你父親小時候也是很善良的人。」

「原來你從小就認識我爸……」童明夜很意外，他從未聽說過父親兒時的事，只知道他的殺手爸爸出身南洋。

「他那時還不到十歲，聽見我們餓著，就把桌上未動筷的菜打包送來。」連海聲閉眼回想，還記得那份恩情與溫柔。「只是老皇帝容不下童家的擅權，也容不下他。我的祕書說，延家對你父親做了許多令人髮指的事，但我不以爲意，只想著自己該怎麼活下去。再見到他的時候，他已經瘋了。」

童明夜不清楚他小爹老家的事，迷糊聽著連海聲話當年。他只覺得，既然會向當事人小孩的他告解，多少感到抱歉吧？

連海聲叫來老闆娘，用南洋話詢問飯錢，以及跟她討要一件小物，老闆娘熱絡回應。連海聲從身上掏出一張千元鈔，老闆娘找回零錢和一只紅包袋。他再把找回的錢包進紅包，遞給童明夜。

童明夜吶吶接過紅包，被請吃飯已經很不好意思了，連海聲的關照讓他覺得自己就是個小孩子。

「我走之後，以文就麻煩你照顧他了。」

連海聲起身離去，一台黑轎車就等在店外。童明夜黏呼呼的腦袋驚醒過來，連海聲的異常就像天海老爺子一樣，很明顯是將死之人的願望。

轎車發動，童明夜跟著拔腿衝刺，靠著國家徑賽代表的爆發力追上車。他從車窗望過去，駕駛座的男人好像他小爹爹，笑咪咪跟他揮手，還在胸口比了愛心手勢。

「爸爸啊——！」童明夜追著飛馳而去的車子三百公尺才停下來。

店長、殺手，小文的媽、小夜的爸……本以爲他跟吳以文沒了血緣就沒有關係，結果仍是兜在一塊，環環相扣。

童明夜很傷腦筋又有點竊喜，看樣子，他和吳以文這輩子的孽緣大概斷不開了。

四、相思成疾

店長大人失聯兩個禮拜了，雖然小店員靠著白天到公園餵貓貓、晚上去林家找貓貓玩，勉強撐著不要發病，只是精神已經瀕臨極限。但他為了再見到店長，只能忍耐。

吳以文夜半回來，推開琉璃門板，聽見琴聲從內室傳來。

代理店長前些日子把店長故居的舊琴送修，鋼琴師傅說這台琴年久失修，維修費用高昂，可以抵一台新琴，林和家仍拜託師傅把琴修好。看來琴已經送回古董店。

吳以文往裡間走去，沒有開燈，客廳只點上燭盞。男人專注彈著黑白鍵，琴音如泣如訴，把壓抑在心頭的情感藉著樂音宣洩出來。

一個暴力重音，琴聲戛然而止，林和家雙手捂面，像是嚎啕一般痛苦喘息著。

吳以文打開燈，林和家驚醒過來。

「林和家，看看你這是什麼死德性，不知情的人還以為你死了老婆！」

林和家怔怔看向吳以文，吳以文極力抿高唇，模仿店長奸笑的樣子，可惜臉部表情追不上他維妙維肖的聲音。

「好像！根本是阿相的翻版！」林和家大笑起來。

吳以文默默鬆口氣，太好了，叔叔開心了。

林和家起身過來，拉著吳以文轉半圈。

「小寶貝，我今天在街上看見個小東西，你看看喜不喜歡？」

林和家從口袋拿出杏仁大小的金色吊飾，乍看之下是顆小金球，細看才知道是手工精細的笑臉貓咪，有雙含蓄的尖耳朵。

吳以文雙手接過，從觸感和重量得知這是純金的金貓咪，絕不是路邊走走就能買到。

「很喜歡，如果叔叔能摸我的頭就更好了。」

林和家笑了笑，依言揉著吳以文那頭軟髮，然後俯身抱緊他。

吳以文不難發現，他不用做任何事，林和家就能感知他的心意，溫柔至極地回應，讓他大概了解有父母在身邊的安心感，世界不會下一刻就覆滅。

只是叔叔對他那麼好，他還是好想念店長。

「對了，小文，要不要跟叔叔一起看照片？」林和家鬆開手，微笑詢問。

「照片？」

「我跟你老闆年輕時的合照，有十多本。這些年收在我房間，成叔連著換洗衣物一起幫我送來的。」

「要看！」

吳以文先去廚房簡單弄了宵夜和茶水，興匆匆端到客房。林和家端正坐在床側，看吳以文來了，微笑招呼他一聲，把手上的相簿重新翻回第一頁。

吳以文跳上床，手爪搭上林和家肩膀，睜大眼就定位，非常期待店長大人的故事。

林和家輕輕「嗯」了聲，真可愛。

林和家拿出第一張合照，三人穿著一等中未改版的制服，在新生入學那天留的影。就算照片黃了，還是能看出店長過去絕世美少年的相貌。

林和家說，他們高中之前就認識了，還記得第一次見面的時候，下著大雨。路上有些泥濘，即使開車的人是成叔，他坐在後座還是顛簸。就在快回到林家的轉彎處，冷不防一個女孩子衝上來，他嚇得大叫，煞車跟著發出哀鳴——

管家成叔回頭請他稍等，抽起備用的布毯下車，用自己寬闊的背板爲倒地的少女遮雨。林和家按下車窗，看少女在雨中抖得不成人形。少女向成叔再三抱歉，又再三拜託，她家少爺病了，請他們幫幫忙。

雖然有可能是精心策劃的騙局，林和家還是提傘下車。

「妳叫什麼名字？」

「延……雯雯。」少女口音特殊，不是本地人。

「我是林和家，就住附近，有難事來找我，下次別再攔車了。」林和家遞出名片。

少女握住他的手，泫然欲泣。

「林公子，謝謝你！」

「叫我和家就好，妳家少爺在屋裡嗎？」林和家問道，少女頷首。「成叔，帶她到車上，我去看看。」

林和家走進尚未裝修的破屋，他來回經過這麼多趟，竟不知道裡頭住了人。他循著劇烈的咳嗽聲走去，推開房門，與他預想的情景不同。一、少年是坐著的，像是專程等著他；二、少年生得非常漂亮，尤其是右眼那隻幽深的藍眼睛。

少年咳了兩聲，開口第一句就罵人：「慢吞吞，我都要死了！」

「我送你去醫院吧？」

「你以爲這樣，我就會跟你說謝謝嗎？要不是我的侍女冒死攔車，你會在乎我死在這張床上嗎？僞善者！」

林和家從少年莫名其妙的指責釐清出一個重點。

「你該不會故意叫那位女孩子去擋車？你怎麼可以這麼做？」

「我死了，她怎麼活？取得報酬之前，當然要冒一些風險。」

林和家從未遇見這種人，一時間不知道該如何應對。

「我知道你。」少年炯炯看向他，林和家被迫與他正視。少年雖然臉色蒼白，但眼中沒有一絲迷惘和猶疑。「你在那個家只會被埋沒，一輩子當替人擦屁股的備胎，與我合作，我可以讓你下半生不受家族掣肘。」

「等等，我還不認識你……」

「延世相。」少年伸出手來，那囂張的神情八成認定握過手就達成協議，要林和家不要再跟他廢話。

林和家不認識少年，他自父母過世後，生活圈只有林家人，不懂少年爲什麼會知道他埋藏的心願。自從來到林家，學習家務、照顧弟妹，一直爲別人而活，實在是他生存本能使然。他不是不愛親人，但肩上的重擔遙遙無期，不能也無法拋下，讓他非常渴望能有一個自由呼吸的地方。

「爲什麼找上我？」

「因爲只有你，幫得了我……」

少年說完就栽倒下去，林和家趕緊上前察看，發現少年整個人燒得不像樣。他冒雨把少年抱上車，在少女淚眼凝視中，飛車送醫院。

林和家鉅細靡遺交代完他和古董店店長的初次見面，一點也不普通，根本是用苦肉計陷害他。那時的他仍有一分少年心性，想要證明自己與眾不同，也就心甘情願地上勾，出資供養在異地舉目無親的美少年和小美人。

「阿相常說是他的美人計奏效，不然我才不會理會一個難看的胖子。我不知道怎麼反駁他，只知道海聲的腰從十五歲到現在都沒有變過。」林和家常被店長罵死變態不是沒有原因。

「我會，胖胖的才可愛。」吳以文認眞說道。

「嗯，如果小文是林家少爺，一定會伸出援手。」林和家笑得和善，期待吳以文往上爬的同時，不要失去溫柔的初衷。

「叔叔，我第一次見到老闆，是老闆抱我。」吳以文分享他的寶貴回憶，有一絲絲炫耀的意思。

「這樣啊，好好喔！」

代理店長和店員找到了共通話題：店長大美人。

看吳以文聽得有興趣，林和家接著說到店長高中時代，和店員現在一樣大，毫無懸念成爲一等中的風雲人物。少女愛慕他、男人嫉妒他，好幾次被看他不順眼的學長叫去廁所釘孤枝，好在班導很挺他，不管學生如何爲非作歹，都只對他做最基本的良知勸誡，其他一律支持到底。

那個班導後來成了一等中的校長大人，治校風格一如他年輕時候，雖然太過偏心體育班和吳以文他們三個校園偶像而爲人詬病，但自從他上任以來，學校多了很多笑聲。

禮尚往來，吳以文拿過手機，給林和家看他們小喵喵團演出的照片。校長大人燦笑摟住他們三個男孩子，就像泛黃照片中的年輕老師與店長、叔叔、消逝的美人。

「叔叔，我本來，不想念書。我以爲老闆叫我上學，是嫌我麻煩。」吳以文輕聲提起過往的心境，那時的他只有一隻大胖貓依偎，沒想到現在身邊多了好多珍貴的人。

「你不要這麼想，要跟小文分開，想必海聲心裡也是捨不得。」林和家揉著吳以文的腦袋，不負責任地揣測店長的心情。「阿相也不愛去學校，他說在群體待久了會變笨，我拜託他陪我讀書才念。尤其當時一等中是男女分班，雯雯不在阿相身邊，阿相整天都很焦躁。某方面來說，阿相其實有些怕生。」

吳以文眨了眨眼，突然覺得店長大人有點像自己。

林和家繼續用像是說童話故事的柔軟口吻，敘述他心目中英雄的青春時代。

「學校對每個人的意義都不同，好比之於阿相，上學能讓他理解同齡人的想法。他出身不比尋常，又太過聰明，缺乏對大眾的同理心。坐在教室三年，被迫了解來自不同家庭的同學，還遇見鍾老師。後來他會支持工黨的范語堂，應該是受到鍾老師影響。」

吳以文想起十三班的小今班導，漂亮臉蛋含著淚，叫他至少學好乘法。

「所以，是叔叔要老闆上學？」

這個問句很簡單，林和家抽照片的手卻頓了許久。

「你看出來了？沒錯，我想把阿相留下來，讓他無法從這塊土地抽身。」林和家仍是笑著，不知情的人總會被他樸實的外表欺騙，甚至多年相處的家人也未必眞正了解他。

如果他只有一個人，一輩子充其量只是個會做人的公子哥，但延世相出現後，林和家看見未來的無限可能。就像延世相盤算如何利用林和家的家世和人脈建立自己的王朝；林和家也是百般算計要怎麼讓一位心高氣傲的天才，爲他實現夢想。

兩人年紀相仿卻性格迥異，關係親近又恨不得控制對方。只是延世相做人習慣高調，大家總看見他在使喚林和家，以爲都是他強勢主導，不明白他決策時發現自己只能接受林和家的建議，心裡是多麼地不爽。

——阿相，你不要生氣啦，我都是爲你好。

——卑鄙小人！

延世相一路從商場取得的成就和從政創下的功績，總看得見林和家的手筆。人們說起延世相，不得不提一提林家少家主。

當然他們也有意見相左的時候，從桌上打到地板去，雯雯就會泡一壺茶，一手拉一個，要他們冷靜下來。

林和家拿出雯雯小祕書的獨照，留著一頭齊肩短髮，身上總是幹練的套裝。「延世相傳奇」開始前，她就在他們身旁操持庶務，無怨無悔奉獻出青春，結果一直到傳奇慘烈結束，沒有人記得她的名字。

吳以文看得專注，用眼睛掃瞄照片，把店長大人最愛的人牢牢記下。

「老闆和叔叔都喜歡雯雯小姐？」

「你這孩子看起來不八卦呀，怎麼說出來的話總是一語中的？」

接下來的故事不幸落入俗套——爲了女人，好兄弟反目成仇。

林和家喜歡雯雯小祕書，明眼人都看得出來，毋庸置疑。起初他並沒有佔有她的念頭，他明白雯雯心裡只有阿相，眞心祝福他們，只要她幸福，他也會感同身受。

可是後來，情比金堅的兩人因爲第二任妻子商敏從中作梗而感情出現裂痕，發現雯雯一個人在家裡哭泣的他、向來比誰都要了解他們的他，看見了趁虛而入的可能。

當阿相氣極敗壞揪住他的衣領，質問他和雯雯的關係，林和家心底不由得生起勝利的快感。這就是庸人所謂的友誼，嘴上說著祝福，心裡嫉恨如仇，用深厚的情誼加倍傷害。

可他和雯雯短暫交往期間，無論他如何用盡心力，都無法讓他的公主展露笑容。而阿相不過一個擁抱，雯雯就在阿相懷中破涕為笑。

自以為聰明的他，到頭來只落得兩頭空。

林和家打開最後一本綴著白蕾絲的相簿，少了第一張照片，那張照片就放在店長主臥房的床頭櫃；這本婚紗相簿也是林和家人生最後一段故事。

正牌的男主角和女主角復合三個月後，雯雯以為阿相終於要跟她結婚了，第一個告訴林和家，林和家把自己的感情全拋下來，為她高興，陪她去試婚紗。就算林和家當時覺得不太對勁，因為男主角和律人的媽走得很近，可雯雯看起來那麼開心，他說不出口。

可能他還懷抱一絲希望，只要阿相再背叛雯雯，雯雯就會回他身邊。

後來如同林和家所料，延世相找他出來喝咖啡，要他當自己的伴郎，但對象不是小祕書，而是林家的女兒。

就算林和家在咖啡廳當場翻桌，痛罵好友是沒心沒肺的敗類，那敗類只是露出無恥的笑。延世相就是得到一切的贏家，林和家怎麼罵都只是敗犬的吠叫。

他們最後一次見面是在訂婚宴上，林和家那一拳大概把延世相打疼了，延世相抹著流血的脣角，滿懷惡意地回話——她眼中從來沒有你，而我就要成爲林家姑爺，再也不需要你了，林和家！

那人總是能說出人們最不想聽見的眞實，一點也沒錯。林和家不記得那天怎麼走回房間的，他關上門之後開始嚎啕痛哭，不知道過了多久，林和堂跟林和簷把他拖出房間，說要幫他殺了那男人、綁了那女人回來，他只是伏地搖著頭。

他想要的沒有這麼簡單，他只想回到從前，阿相和雯雯都在他身邊，他們都沒有父母，但他們就像一家人……

「最後，婚禮舉行當天，雯雯殺進禮堂搶婚，從新娘手中劫走了阿相。他們倆私奔到一座神祕的小島上，過著幸福快樂的生活。」林和家抱著相簿，由衷爲美好的結局感到高興。既然他們過得很好，只剩下他一個人也無所謂。

「叔叔？」

林和家清醒過來，看著吳以文，很不好意思地笑了。

「抱歉，我有接受精神治療，吃點藥就沒事了。」

林和家有時候會分不清現實，一下下而已，所以他覺得沒有必要跟別人說明。兒時的他從醫院中醒來，被告知雙親已遺憾罹難；第二次從醫院醒來，大家告訴他，阿相和雯雯葬身火場；美好的人兒再也沒有了，已經化作灰燼。

他本以爲世上沒有什麼比失去父母還痛，這時才知道失去美夢會痛不欲生。他們死了，那自己爲什麼還活著、爲什麼要繼續活下去？

林和家踉蹌著從行李拿出藥袋，回過頭來，才一眨眼，吳以文就從手中變出一杯清水遞給他。難怪杏林姊姊常誇小店員是優秀的小看護，讓小文弟弟照顧著，會讓人忘記生病的脆弱。

吳以文盯著林和家吃藥，想記下用藥的劑量。

吃完藥，林和家思緒陷入短暫的空白，直到吳以文的臉貼近他鼻尖才清醒過來。

「叔叔沒事，小文不用擔心。」

吳以文像隻貓伏趴下來，靠上林和家大腿邊。他對林和家追求所愛而不得的悲劇感同身受，特別是被店長那張嘴傷害的地方，感觸良多。

林和家伸手摸摸男孩的軟髮，明明他是憐惜人的那方，卻因爲這個小動作讓自己感覺不那麼地痛。

「還有？」吳以文仰起一雙貓眼。

「還有什麼？」林和家以爲故事已經說完了。

「老闆丟下我一隻貓到南洋去，叔叔跟老闆做了什麼！」

林和家被開水嗆了下，吳以文對他瞪大眼，敢藏私就咬他。

林和家這才想起，他的人生並沒有隨著爆炸案結束，而是接下來和連大美人攜手開啓了新的篇章。

「沒什麼呀，就談談公事、看看海，我跟海聲之間純潔得很。」

「老闆說，叔叔都會跑去他床上睡覺！」

吳以文這麼一吼，林和家才發覺自己的確有些無恥。照理說，他不會對一個剛認識的人動手動腳，長得再漂亮也一樣，但他就是情不自禁巴在連海聲身邊，大概大腦裡某處連結早就察覺大美人其實是他二十年相交的換帖兄弟。

「叔叔還說要跟老闆結婚，希望老闆搬到南洋一起生活！」

林和家正色道：「這些是我肺腑之言，如果有天醒來，能夠看見海聲微笑端著早餐、親手餵我吃，那我這輩子就死而無憾了。」

「叔叔怎麼不去死！」疼店員的叔叔是好人，但搶店長的叔叔是壞蛋！

「喵嗚……」

林和家哄了好久，吳以文才終於不氣呼呼瞪他，雖然在林和家眼中怎麼看都好可愛。

「海聲在我那兒，總是會提起小文。」

吳以文豎起耳朵。

「他看到什麼好的，總說要帶回去給店裡的小笨蛋，像是上次的土著貓土偶，就是他叫我寄給你。」

「不是叔叔買的？」

「嗯，總是海聲挑的。」這些日子相處下來，林和家已經習慣吳以文的敏銳直覺。是店長親自挑給小寶貝的禮物，但也含著林和家刷卡結帳的一片眞心意。

「叔叔搬回來，我們店在這裡。」如果身爲摯友的林和家願意回來家鄉重新生活，那連海聲也沒有必要再離開了。

林和家聽了不禁露出笑。吳以文要他搬回來不是因爲林家在這裡，而是因爲古董店在這裡，眞不知道這孩子的強勢作風跟誰學的？

「我們店，很重要。老闆說，開店是要掩人耳目，絕對不是爲了紀念雯雯小姐。」

林和家眼神顫動，哽咽說道：「原來是這樣……」

店長智謀超群，卻是一個討厭運動的懶人，要他天天去給那女人掃墓簡直要他的命，乾脆把他們共有的回憶全搬過來，每天都能看見，隨時都能想念。

古董店等同代替女子的一部分，爲她遺留在世間的所愛遮蔽風雨。所以吳以文無論如何都要守住古董店，只要店還在，不管連海聲走得再遠、再累，總有一個可以回頭休息的地方。

夜深，吳以文維持小動物的趴睡姿勢，沉沉睡去。

林和家小心爲吳以文拉好被子，下床拿過手機，踮著腳尖穿過起居室，走到店舖。他沒有開燈，只有手機微弱的亮光。

「小闇，是我。不好意思，吵醒你了？」

「我就等著阿家哥哥小心翼翼的求援電話。而且我也是貓啊，夜貓子，喵喵喵！」殺手精神奕奕笑道。

「阿相他……情況如何？」

「還好還好，老家的財政缺口大致補住了，他在經營上眞是個天才，只是爲此嘔了幾口血，病情加劇。不是說他那顆心還有半年時間？我看他那樣子，頂多再撐三個月。」

林和家幾乎拿不穩電話，光是去想那個未來，他就快要發瘋。

「時機成熟，請通知我一聲。」

「一定一定，你都拿林家半壁江山來換了，我怎麼可以失約呢？」

「小闇、恩柔，拜託你，保護好他。」

「我可是個殺手，你求錯人啦！」殺手意興闌珊地說道，「你還不如求我在他最痛苦的時候，給他一槍了結。」

「不可以，我知道他無論如何都想活下去，因爲他還有孩子。」

殺手收起戲謔的笑聲。林和家口中的孩子曾讓他誤以爲屬於自己，結果什麼也不是。吳以文事後來見他，頭低低地道歉：對不起，當初死的是他就好了。

聽了眞不舒服，就算是博取同情的戲碼，小孩子也不該說這種話。

殺手勉強應道：「好吧、好吧，就在看孩子的份上。」

等殺手掛斷電話，古物舖子再度回歸失去主人的死寂，林和家再也忍受不了，伏在冰冷的地板，發出痛苦的乾號。

「啊啊……啊啊……」

林和家緊捂住嘴，不敢真正哭出聲，就怕吵醒孩子的美夢，只能輕聲祈求；他所能做的，也只有祈求。

「雯雯，求求妳……一定要守護阿相……」

五、盛宴

延世相死後，林家春宴的賓客少了許多。白家沒來、商界的女性翹楚數年缺席，而一些遊走在大人物間的投機分子，看林家除去眼中釘，家族聲勢不升反降，也搖搖頭離開。

但今年，在林和家那番爆炸性宣告之後，林家的請帖寫到手軟，聽聞風聲的大老們藉由各種關係，就是要討得一份入場邀請函，就連他們老死不相往來的黑道也遣人來拜託，因爲天海幫聯的小公主對舞會非常感興趣。

舞會年年有，各界向林家展現久違的熱情，無非就是想見一見傳聞中的「私生子」，想要親眼確認那名少年是否有繼承到父親的美貌、才智和永遠不冷場的話題性；不過也有不少過去延世相的敵人特別來看那個私生子的笑話。

不管老朋友或死對頭，大家不由得興起一股懷舊的情感。不管讚美他或是辱罵他，那人仍是傲然站在鎂光燈下，睇著一黑一藍的漂亮眸子，笑看這個世界。

晚間六點，賓客陸續進場，一直到宴會廳的大門完全闔上，那個眾所期待的人兒都沒有出現，眾人臉上掩不住失望。

燈光暗下，亮起一盞水晶小燈，人們的視線被亮光帶向堂上的白玉小桌。那裡是春宴的主位，照理應該坐著家主與夫人，但這回老家主沒有出席，傳聞要接替家主的林和家也未現身，由林家中生代代表林和堂搖了搖銅鈴，向與會貴賓宣布一件喜事。

「我和小妍將會在孩子出生後，攜手步入禮堂，請諸位祝福我們。」

延世妍一身紅紗，悶悶不樂坐在林和堂身邊，她可以聽見掌聲底下的耳語：婚禮選在生子之後，可見林家有多看輕這個媳婦。

但這些惡意的閒話並不是讓她情緒低落的元凶，她低頭撫著小腹，兩手微微發抖。

林和堂注意到延世妍的異狀，過來握緊她雙手，有些笨拙地哄著她。

「小妍，妳這麼美，笑一笑好嗎？」

延世妍只是擠出一朵像是哭泣的微笑。

突然，砰的一聲，關上的大門被人踹開，玉製門栓硬生生斷成兩截。全員警戒，警衛手上的大燈照去，卻是一個穿著像是侍者服、白衣黑褲的少年，兩指夾著燙金的邀請函，在頭上招搖地晃呀晃著。

少年發出一連串清靈笑聲，身旁圍著一大群林家的保全也面不改色，讓人忍不住把他和當年那人連結在一塊——該死的遲到大王，而且從來不道歉。

「哎呀呀，大家都在等我嗎？」

延世妍霍然起身，指著少年大叫。

「十億元！」

少年半扠著腰，對延世妍失禮的舉動重嘆口氣，毫不顧忌她林家準媳婦的面子。

「這位阿姨，妳老爸老媽還有妳那親親老公沒教妳別用手指指人嗎？在下雖然父母雙亡，至少還有名字可以叫。敝姓延，延文文。」

「所以你就是我哥那可愛的十億元沒錯啊！」延世妍激動不已，林和堂要是沒攔住她，她八成已經跨過雕欄衝去抱住對方。

「延文文」，另名「吳以文」的少年，仰頭向她燦爛一笑，特別愛欺負熟人這點，實在和過去的延世相一模一樣。

由於之前發生商敏找人頂替延世相之子的烏龍事件，人們不免懷疑該不會又來了個冒牌貨？現在有延世妍親口證實少年的身分，眾人對吳以文半信半疑的態度轉為信了八成，熱烈品頭論足，而當事人只是對無知的眾人掏了掏耳朵。

「好了、好了！」吳以文抬手拍兩下，人們安靜下來。「我知道你們都對我很好奇，畢竟我那倒楣的爹死得那麼慘，但我今天可是特地來給可憐的林家叔叔伯伯熱場子，時間寶貴，來跳舞吧！音樂、music，給我就定位！」

林和堂呆在主位，開舞的指示應該由他來說，為什麼會變成那小子主導？而且就算少年把一頭軟髮梳上額頭，林和堂仍是認出來他明明是古董店那個神經病店員！

林家高層現在亂成一團，本以爲會出面協調的林和家不見蹤影，來的只有少年一個。就在他們討論該不該把這個反客爲主的臭小子抓起來扔水池的時候，人們又是一陣騷動。

林家家主未來的候選人之一，大公子林律品，盛裝走來舞池，略過無數傾慕他容色的目光，來到吳以文面前。他捨棄亮眼的服色，選擇黑衣白褲的素樸搭配，就是爲了配合對方的基本款服裝。

林律品這次不等林律行吃完點心來破壞他的好事，主動出擊。

「文，我可以請你跳支舞嗎？」

吳以文放聲大笑，然後半蹲做出提裙的動作。

「榮幸之至。」

全場譁然，林律品這麼做，代表林家新生代接受了吳以文的身分。

當弦樂聲悠揚響起，兩人攜手划開探戈舞步，用賓客當屏障，閃過一個接一個來抓人的林家侍衛。就像一齣矛盾的喜劇，優雅又粗暴，惹得賓客笑聲不絕於耳，有些見慣風雨的大人物，也忍不住下場一起跳起舞來。

林律品眞想好好跳支舞，但侍衛們像小強一樣，踹倒一個，又追來一雙，而且吳以文還對他笑得這麼閃亮，明知這只是角色扮演，林律品還是有點昏頭。

「品好帥。」吳以文以本人的意志小小聲稱讚道，相較於延世相之子的外放，更顯得含蓄害羞，林律品幾乎要把持不住。

「我可是整晚沒睡一早就起來上妝，你給我多說幾句。」

吳以文抬腿撂倒兩個壯丁，把林律品後折下腰，安穩捧在懷中。

「品，你好可愛。」

林律品重重哼斥了聲。他一個成年男人，竟被比他小的男孩子當作小寵物調戲，實在是……令他心花怒放。

連跳三曲又是大動作搖擺，林律品有些體力不濟。吳以文拉著他，靠武力突破重圍來到宴飲區。林家侍衛們怕捉人會碰壞招待貴賓用的高級器皿，等在飲用區外邊，只能眼睜睜看著今天來砸場的臭小子氣定神閒拿起紅茶鮮乳調配奶茶。

「品，給你。」

林律品接過奶茶，留給吳以文一記嫵媚的笑容。

「阿行，接下來交給你了。」

林律行嚼著漢堡肉現身，他今天穿著深藍色燕尾服，活像一隻小燕子。

「學長好像比較圓。」吳以文比了比手勢。

「三年級整天坐著，過年又吃多，不長肉也難。」林律行抓了下肚子，擠出雙層肉。

「沒有很胖。」吳以文試圖圓場，林律行翻他白眼。

「少廢話，來跟我跳吧！」

「是。」吳以文屈身握住林律行遞來的雙手。

林律行牽著吳以文，高調帶出場，這下子讓林家侍衛又傻眼一回。怎麼走了大少爺，又來了二少爺？這個少年也未免太有面子了吧？

但上頭命令下來，人還是要抓。只不過林律行內在不符合他嬌小的外表。他房間的書桌沒有椅子，每天都是一邊蹲馬步一邊夜讀拚大考，眞正文武雙全。

兩個旗鼓相當的練家子踩上倫巴的節奏，舞力全開。不要說抓人了，連碰到他們衣角都有難度。賓客紛紛讓道，讓他們兩個少年有足夠的空間發揮近日太過壓抑的精力。

林律行貼身和吳以文跳了一陣，確認他的觀察沒錯，吳以文那張臉皮雖然在笑，但眼睛好沒有精神，眼神騙不了人。

「你還好嗎？」

「嗯？」吳以文微笑以對。

「連海聲不在那麼多天，你撐得住嗎？」

林律行永遠記得那一晚醫院床邊無助的男孩子，直到連海聲出現才亮起神采，說他一心為那個美麗的男子而活並不超過。這些年林律行看著他，覺得吳以文只是學會在人前修飾稜角，本質依舊沒變，既深沉又死心眼。

被戳中軟處，吳以文這才稍稍露出疲態，但他本就不是多話的人，更別說從他口中撬出一個苦字。

「律行學長，我可不可以，抱抱你？」

「吼，你專挑我們兄弟下手是不是？」林律行受不了地把吳以文攬到肩上，用力拍他的背打氣。吳以文把全身重量壓上去，很認眞撒嬌著。

說到兄弟，林律行想起排行最小的林律人，從早上到現在都不見人影，讓他很擔心。

「你等會中場休息，要是沒被抓去扔水池，去看一下律人，你總是他最好的朋友。」

但就吳以文對林律人的認識，小王子殿下絕對不是躲在房裡哭這麼簡單。

一曲終了，燈光暗下，林家以為這是抓人的好時機。沒想到當大廳恢復光明，有名以黑羽扇覆面、穿著孔雀綠短旗袍的小姐擋在他們和吳以文之間，所有賓客大張著眼，看著這幕戲劇性場面。

「通通給我讓開，那是我的男人！」

「小姐」拿下羽扇，是名不世出的短髮麗人，也是林家堂堂三少爺。

「律人！」林律行不顧形象地大叫，也叫出林家上下所有人驚恐的心聲。

林律人正色道：「不對，今天的我是『律兒』！」

林律人女裝登場，而且旗袍還穿得特別短，露出一大截雪白大腿，再再讓林家長輩們崩潰不已。

林律人在家習慣低調行事是因爲他怕麻煩，但當他站出來，任誰也阻攔不了，只能張口結舌地看他全副武裝演出。

全場只有吳以文神色如常，翩翩走台步來到林律人身前，誇張地九十度勾手行禮。

「我的女主角，可以和我跳一曲嗎？」

「可以喲，不管是一曲還是一輩子。」林律人以扇掩脣，嬌滴滴笑著。

兩個男孩子手搭著手，自然不過，隨著圓舞曲悠揚的旋律，優雅地轉起圈圈。

參加的賓客連餐點都放在一邊，專心看著他們賞心悅目的舞動，比起往年春宴只能拿著酒水閒話家常，今晚的表演實在有趣到不行。

林家管事的中生代和保守的父執輩礙於貴賓的面子，只能讓那小子多活一些時候，等到宴會結束，就要把他打回端盤子生活的小服務生原形。

外邊暗潮洶湧，舞池內林律人一聲輕嘆：「以文，很抱歉，我幫不了你太多。」

吳以文只是望著林律人脈脈的雙眼，沒有說話。

「你要離開了嗎？」

血緣依存的父母、地緣養成的成長環境，吳以文都沒有，他和這塊土地的連結就是與人們建立的情感，吳以文卻爲了這次春宴，賭上他和林家三兄弟的交情，這代表他已經做好失敗遠走的覺悟。林律人看得明白，所以不想面對。

「不是，我要做更過分的事，你說不定會失去所有。」

「那就好，我只希望你還在。」

吳以文沉默下來，林律人略略紅了眼眶。

「律人，你可不可以，不要哭？」

林律人咬緊牙，吳以文這般祈求，難道會有比離開更壞的結果嗎？

「暫時分開一下下的話，我還可以忍耐，爲了你不流淚。可是無論如何，你都要回來見我，不然我就和童明夜絕交！」

「明夜很無辜。」吳以文有點無奈。

「不管，連坐！」

吳以文溫柔地說：「我喜歡律人任性的樣子。」

林律人雙眼含淚：「只要是你，我都喜歡……」

吳以文垂下眼，臉龐貼向林律人的右頰。林律人放開手，轉而抱住吳以文，在樂曲裡繼續轉著圈圈，幻想著一輩子都不會停下。

吳以文因爲林家三位公子義氣相挺，撐過春宴上半場。

林家高層學乖了，以軟性手法代替扔水池，聯絡三名公子的家長出面把孽子帶走。而沒有父母的林律人哭哭啼啼抓著吳以文不放，說要跟好友共存亡，最後仍是在老管家成叔的勸說之下，回房間去哭。

吳以文大方站在會場中央，開放給現場仕女排隊使用。只是女孩子總是比較矜持，林家兩名中生代青年搶先一步，左右包夾住他。

林和堂開門見山問道：「連海聲又在打什麼主意？」

「眞是的，你要我跟蠢人說明什麼？」吳以文燦笑以對。林和堂氣得發抖，都要以爲這小子是延世相再世。

林和簷沉聲質問：「林和家人呢？爲什麼聯絡不上？」

「誰知道呢？爲什麼寧可一個人在外流浪，也不肯回到生長於斯的家？」

吳以文低低笑道，在兩男動手前，聲調一變，開闔的雙脣發出林和家的嗓音。

「『阿簷、阿堂，我真的好想念阿相和雯雯，我願意把一輩子的時間抵給林家，林家能不能把他們倆還給我？能不能？』」

兩人不由得退開半步，就像林和家本人站在他們面前悲切控訴。

吳以文轉回高亢的聲音，朝兩人輕蔑笑道：「如果我姓林，絕不會讓他在外面痛哭，你們怎麼有臉拿血緣說嘴？」

——要是我姓林，林和家只要出面笑一笑就能舒服過活，你們辦得到嗎？

少年的身影和死去的男人重疊起來，貪婪而無恥，林家最優秀的寶物就是這麼被用盡心計奪走，再也不回頭。

吳以文大笑略過兩人，林和簷與林和堂明知自己有能力阻止他撒野，卻被過去延世相帶給他們的陰影阻撓：沒有用的，再怎麼做也只會被玩弄於手掌心。

只是他們不知道，那人許多時候就是靠著虛張聲勢險勝。

吳以文踩著旋轉木梯走上只容林家主人休憩的小樓閣，延世妍帶笑望著他。

連海聲總會不時帶著小店員上延世妍那裡串門子，就像她的小姪子。有熟悉的人在身邊，延世妍才略略放鬆緊繃的神經。

「小文來跟姊姊玩。」

吳以文暫時解除「延世相之子」模式，像隻貓席地坐在延世妍腳邊，手爪搭在膝頭上，不敢太大聲說話，怕驚動延世妍腹中的小生命。

「姊姊肚子裡有小貓咪。」

延世妍笑得溫柔：「你喜歡小孩子，對吧？」

「喜歡。」吳以文認眞點點頭，延世妍摸摸他的頭。

吳以文低頭抽起掛在頸上的玉飾，連著紅線一起交給延世妍。

「這是老闆送我的玉，我想給寶寶。」

延世妍輕手撫過溫潤的白玉，發現上頭刻著一枚「林」字。她張大眼，該不會就是傳聞中被古董店幹走的林家家符？

「爲什麼給我？」

「妳看起來，很害怕，失去他。」吳以文垂著眼，注視延世妍不敢從肚子放開的手。

延世妍手一抖，差點把白玉摔下地。

「可是我能怎麼辦呢？海聲哥已經不在了……」

「世妍，不要哭，妳是他妹妹，又是一個母親，不要讓人看輕。」

延世妍淚眼怔怔望著吳以文，爲什麼可以這麼相像？對身邊的人總能忍下心來。

「小文，你難道不怕嗎？」

「會怕，可是我有想要的寶物，非常想要。」

「是什麼？」

「我的美人。」吳以文深情說道。

就在這時，身著藍衫、滿臉煞氣的道上兄弟擁入會場，再度惹得賓客一陣譁然。天海幫眾一字排開，列隊迎來他們美得不可方物的小公主。

少女漫步走來，水晶玻璃鞋發出叩地輕音，白紗裙如羽尾在紅毯上曳行，上身以半透明的蕾絲包覆至肩頸，豐滿的胸乳若隱若現，高雅而媚惑。

她及腰的長髮束起高馬尾，比起華麗的衣裳，僅簪上一枚白玉冠，因爲頭部不需要額外的綴飾，那張漂亮臉蛋本身就是名貴的珍珠。

賓客已經記不得上一次被美貌震懾住心神是什麼時候？好像是五年多前，一個叫「連海聲」的年輕律師初次現身。大家紛紛討論起這是誰家的女兒？黑道千金？眞可惜，不過父家可是南洋那邊的望族，就是那個地方呀，平陵延郡。

沒等其他才俊付諸行動，吳以文跨過樓台躍下，大步迎向久候的麗人。

陰冥賞給吳以文一張冰凍過的臭臉，今晚她特地來走這遭全是爲了對方，但見到了反倒不想跟他說話。像這樣笑咪咪的輕浮男子，向來是她最討厭的類型，她不喜歡吳以文變了的樣子。

吳以文知道陰冥不高興，直接半跪下來，牽起她套著絲綢手套的玉手。

「今夜的妳依舊美麗動人，公主殿下。」

「不准親。」陰冥警告一聲，西方禮儀打死不適用在她身上。

吳以文只是把陰冥的手放在自己頭上，討摸頭。

陰冥摘下白手套，嫌棄般拍兩下。

「好了，快起來。」

「喵喵。」

「裝什麼可愛？」陰冥主動拉起這個聽不懂人話的東西，吳以文蹭過去，近身看著她美得近乎妖艶的妝容。

「學姊好漂亮。」

「我可是一早起來化妝、穿馬甲喬胸貼，你一句『漂亮』就想打發我？」陰冥別過臉，嘴上說得憤怒，眼中卻含著一絲小女兒家的嬌羞。

吳以文一手攬住陰冥的後腰，一手托起陰冥側臉，俯身深吻下去。

陰冥長睫搧了搧，努力想看清他心裡到底有沒有裝著自己，但又不接受否定的答案，也只能閉上眼接受。

好一會，吳以文才放開手。陰冥微喘著氣，有些腳軟站不穩，但還是狠瞪一眼回去。

「就說不准親了，你這個壞蛋……」

吳以文把這話當作誇獎，又把臉湊過去，輕輕舔著陰冥的唇蕊。

旁人以為這是戲劇性一見鍾情，但其實兩人早已互許終生。

輕慢的華爾滋音樂響起，陰冥不等男方邀舞那一套，反手拉過吳以文，決意速戰速決。吳以文心甘情願退居被動的一方，隨著女方的步伐翩然起舞。

林家大公子、二公子被雙親數落完，在二樓看著陰冥和他們的小男主角共舞，沒有像他們一群男的排練得要死要活卻能跳得如此合拍，真是天作之合。

林律行轉頭想跟林律品說些什麼，卻被他蒼白的臉色嚇了一跳。

「律品，你怎麼了？像鬼一樣！」

林律品仍是倚著花梨雕欄，用慣有的輕佻語調笑著回應：「我早就做好心理準備，今天是作夢的最後一天。我之後會去相親結婚，我要當上家主……」

雖然林律品在笑，但林律行感覺他就要哭了出來。

「你還好吧？」

「不太好，阿行，我難過得快死掉了。」

林律品本來對世間感情毫無期待，卻遇見一個不可多得的美夢，那麼年輕、有著和他相似的執著，害他的目光忍不住追著男孩不放，幻想未來有那麼一絲可能。直到最後才逼自己親眼認清，再好，也是別人的幸福。

「你到底跟他說了沒有？那小子可是那間黑店的店員，無法用世俗衡量，說不定他眞的對你點點頭。」

「我不敢，就算他願意，我也不可能放棄林家的權位……」

林律行深嘆口氣：「那你哭吧！」

樂曲突然靜下，舞池中的男女只得停下腳步。能夠這般毫不在乎破壞浪漫氣氛的鐵石人物，也只有林家老家主。

「已經夠了！」老家主對吳以文喝道，再也忍受不住。

「還沒有。」吳以文低聲回應。陰冥在他身邊，看他又變成另一個人，就像一面鏡子，映照出對方以爲的樣貌。

「你要什麼？」老家主不顧旁人目光，把吳以文當作鼠輩喝斥。

「林家。」

「果然如此。和家就是這樣，不管什麼人，一看上眼就什麼都好。也不想想，我這個位子，你也坐得起？」

「律音。」吳以文報出一個名字，讓這自以爲是的老頭子瞬間閉嘴。

別人什麼都不是，一換作自己兒子，什麼都好。

吳以文昂起臉，似笑非笑鄙視著這個蒼老的男人。

「你弄錯了，我要的不是你的位子，是林家所有。因爲這一切，本就該屬於他。」

「胡說八道！」

當延世相娶下林律人母親，成了「家裡人」，年輕、優秀、野心勃勃，老家主再怎麼不願意，也只能拱手讓出經營權。可他一心只想要把林家傳給親生兒子，卻不想讓人看穿他的私心，所以他同意了婚事，再將自己孤憐的小妹賠上也在所不惜地，殺了那男人。

吳以文的嗓音冰冷如刃：「你怎麼還有臉在我面前大放厥詞？你這個殺人凶手！」

「住口，你給我閉上嘴！」老家主被踩中五年多來的痛處，破聲大吼。

吳以文放開陰冥的手，向前逼近老家主，老家主呼叫侍衛保護自己卻叫不來人，因爲林家經歷過這二十年風雨和五年前的謀殺，需要一個開誠布公的解釋。

「你只想著自己，做不了他們的好伯父，從今以後，律人、律行學長還有品，都由我來照顧。」

「眞貪心。」陰冥輕聲碎唸一句。

「你好大的膽子，你就像那個男人，成天想吞食我們林家！」

「那也是林家的榮幸。」吳以文謙謙表示。讓店長開心的事，就是世界的眞理。

「你、你！」

老管家成叔走來，攙扶住顫抖的老家主。

「延公子，律人少爺就拜託你了。」成叔向吳以文深深一行禮，吳以文也愼重地頷首回禮，誓約成立。

「你什麼意思？你一個下人竟敢自作主張！來人、來人啊！」

老家主被高大的老管家強行帶走，在賓客面前顏面盡失。既然他是禮堂爆炸案的參與者、殺死林家女兒的凶手之一，就算他不肯退，林家上下也當作以前那個一肩扛下重擔、用心友愛手足的男人，已經不復存在。

老家主一退，林家徹底陷入亂局。理應接任家主之位的林和家失聯，而他指定的繼承人卻不姓林。

吳以文只來跳一晚上的舞，就把一個堅若磐石的大家族弄得分崩離析。

賓客之中，響起掌聲。

一名白衫男子拍著手往吳以文走來，那張臉看起來很年輕，但臉上的笑容有種難言的違和感，好像一個老人裝成幼子在笑。

長年躲在背後折磨所有人的大魔王終於現身。平陵延郡四姓之首，以「君主」爲名，一人之下，萬人之上的太子爺。

吳以文握緊雙拳，斂起演出的笑容。

太子對吳以文深情說道：「你長大了，『我的小寶貝』。」

林和家依照收到的衛星定位資料，與他的金龜車來到一處不太像有人類的山谷地。天色昏暗，烏雲密布，他從沒有路燈的林間小徑一路開到盡頭，遭遇上十公尺寬的潺潺溪水，溪的對岸是一片幽深的林子，沒路了。他只能拿著手電筒走下車，脫下皮鞋、挽起褲管，溯溪而過。

雖然林和家在路上懷疑過這會不會是殺手的玩笑，但就算小闇那孩子腦神經迴路有些奇怪，在大事上反倒很正經。

尋人的案子之後，林和家一直與有謀殺他記錄的殺手保持聯繫，因爲殺手是他唯一知道與那地方有關聯的人。依業界行情，只要出得起錢，殺手什麼都做。

於是他重金委託闇，請殺手救一個人。

林和家表面上答應連海聲照顧小店員，實際上他也眞的全心疼愛著文文小可愛，親手把那孩子拱上黃金舞台；但他心底從未放棄一個念頭，也是雯雯一直以來的心願——他要親自帶好友離開魔窟。

南洋世家，平陵延郡，林和家聽說過千百回，卻從未眞正見識過的地方。身爲外人的他，完全無法理解，爲什麼爲了保住一個孩子的性命，必須用一個人僅存的時間去換。

本來就不可以殺人、本來就不允許控制人的自由，這是天賦人權，再多的財富和權力都不可剝奪。

就算連海聲本人接受這個交易，林和家也接受不了。

林和家徒步走了十來分鐘，不太累，坡向應該是下坡。正想著，他望見一抹紅，疾步向前，拂開遮目的枝葉，眼前映入垂直縱落的深谷，還有一座鮮艷似血的紅色高塔。

高塔有七層，像是佛家的七級浮屠，可他從未見過紅色的浮屠，這棟奇異的建築讓他聯想到東方皇帝的鑾殿和西方的城堡。

林和家環視四周，冷不防聽見口哨聲，手電筒循聲照去，穿著黑色風衣的殺手像隻猴子站在杉木枝上。

「和家哥哥，你來送死啦！」

被這個邪氣美男子甜聲叫「哥哥」，林和家一陣顫慄，但本於世家公子的儀態，還是彬彬回禮。

「小闇弟弟，麻煩你帶路。」

殺手像隻貓，從枝頭一躍而下，引著林和家到樹林另一邊，林間竟出現像是辦公大廈所配備的水晶電梯。林和家看著森林冒出現代科技，一時不太能適應。

「這座塔什麼時候蓋的？」林和家不知道南洋在這裡竟然有這麼一個雄偉的基地。

「一個月前，皇帝出巡需要行宮。」殺手掏出通行證，刷卡坐電梯下谷底。

「什麼？」林和家還不太有眞實感，被殺手一把拉進電梯，電梯在黑暗中疾速下降。

「剷平後建造，不會太困難。」

「這樣很花錢吧？」林和家遲疑說道，殺手放聲大笑。

「你完全說中問題，集權的榨取式經濟，總會走到盡頭。」

絕對專制，金字塔頂端的皇帝享受一切，而爭位失利的輸家只有死路一條。結果就是上位者只顧著爭權奪位，下頭的人沒有翻身希望，沒有人願意盡心工作賺錢。可是貴族要養軍隊、又要夜夜笙歌，金銀寶山終有掏空的一天。

林和家呼了口氣，就像民間故事說的，惡有惡報。但一個巨大的組織毀滅時，也會帶著裡頭的人一起陪葬。

叮的一聲，電梯到底，出來即是聳天的紅色高塔。由底下望去，壓迫感十足。

「海聲就在這裡嗎？」林和家感到一陣不適。

「老皇帝昏迷後，邪惡的老皇后、也就是我大姊，把大美人換了好幾個地方囚禁，只差沒有找獵人挖心或請吃毒蘋果。」殺手自嘲笑道。

林和家跟著殺手走進紅色高塔，看殺手大搖大擺地穿過帶槍的守衛，如入無人之地，可見他在組織的地位不低。

他們走到一樓大廳盡頭，往上的通道鐵門緊閉。林和家還等著殺手拿鑰匙，殺手就開槍了，把電子鎖轟個稀巴爛。

「走吧！」殺手回眸一笑。

「小闇，你看起來好像很開心。」林和家即使身處緊繃氣氛下，還是忍不住關懷旁人的心情。

「嗯，因爲我一直很想當英雄！」

林和家不知道被這話觸及到什麼，傷感地看著殺手踩著階梯蹦跳上樓。

殺手一連轟去六道門鎖，來到第七層。房間狹窄幽暗，只有塔頂一盞垂吊的小燈，燈下一只金色牢籠，關著他朝思暮想的伊人。

白瓷地板混著斑斑血跡，連海聲不時發出嘔吐似的咳嗽，手上的筆卻沒有停下，連林和家和殺手到來也沒有察覺。

「他們對他……做了什麼？」林和家被這詭異的景象震懾住心神。

「一點精神控制和暗示吧？死了女人，唯一的孩子又被要脅，很難不中招的。」殺手像個旁觀者，笑嘻嘻地說。

「小闇，麻煩你，打開那該死的籠子。」

殺手吹了聲口哨，單手提槍，打爆籠上的金鎖。這麼大的聲響，籠中人卻仍無動於衷，繼續埋頭工作。

林和家走進籠子，抓起連海聲的手，冰冷一片，不是活人的溫度。

連海聲那雙黑藍異色的眸子，茫然望著林和家。

「阿相，是我啊，你最好的朋友。」

「林和家？」

「正確答案。」林和家高興得幾乎要湧出淚來，「不用擔心，我很快就會帶你離開這個該死的地方。」

「我不能走……」連海聲喃喃道，抽出林和家的手。

「為什麼？」

「我走了，才會害死雯雯……」

林和家喉頭抖動，好一會，才有辦法出聲。

「才不是，是那些見不得你好的大壞蛋不好。」

「我是壞人，大家都討厭我，只有雯雯喜歡我……」連海聲就像個孩子，說出心底長年的委屈。

林和家以爲好友從不在乎別人的批判，沒想到連海聲始終耿耿於懷。這二十多年來，林家對好友的冷漠和羞辱一定傷他很深。

林和家半跪下來，把連海聲深擁入懷，恨不得掏出自己的血肉來溫暖他。

「世相，在我眼中，你總是最好的。」

「和家，對不起，都在騙你……」連海聲終於察覺到外物，只是反應依然很遲鈍。

「沒關係，我知道，你也眞心在乎我，這樣就足夠了。」林和家抹乾淚，揚起讓人安心的笑容。「海聲，我們回家看小文，好不好？」

「文文……」

「小文很想你呢，你不想他嗎？」

「好想……」

得了應允，林和家將連海聲從腰際橫抱起身。

「小闇，麻煩你開路。」

「阿家哥哥，你明白搶走大美人的代價嗎？得罪了世界上最偉大的家族，你和你背後的林家，都會化爲烏有喔！」

「走吧，他撐不了太久。」除了懷抱中的美人，林和家沒有心思多想其他。可回程不像來時只有擋路的門鎖，殺手察覺到異樣，往塔門鳴槍警告。林和家從狹窄的塔門望去，他們走上的石梯布滿黑衣人，看來已經等候多時。

一片黑衣之中，漫步走出一名白裙女子。雖然上了年紀，五官仍然精緻美麗，舉手投足間有股說不出的風華。

殺手轉身向林和家眨眼介紹，這就是神祕組織的首腦，平陵的太女殿下，詩詩姊姊。

「闇，你們哪裡走？」延詩詩勾唇輕笑，好似逮住老鼠的貓。

殺手扛著槍，吹了聲口哨。

「老大，還眞是盛大的饗宴。」

六、殺機

面臨敵方壓倒性多數，林和家以主帥身分和對方首腦談判。

「我是林家家主林和家，延世相和顏雯雯的好友，林家在我主事期間也一直試圖努力與南洋建立友誼。我並不願意與貴郡爲敵，在這國際競爭白熱化的時代，有著相似文化、同屬東亞的我們，可以攜手合作。」

「這是個方法。」延詩詩婉約笑了笑，不帶一絲眞誠的溫度。「但你似乎忘了，只有同等的存在才能成爲朋友，像你們這種弱小無知又愛自相殘殺的愚蠢族群，只適合被強權統治。」

林和家不改笑容，只是把連海聲抱緊一些。有這種家人，也眞是辛苦他了。

「據我所知，夫人也在此定居一段時候，身邊有個以保護弱小爲職志的丈夫。妳口中的缺點我不否認，但我們也有爲理念堅持的韌性。我相信，只要有值得彼此欣賞的地方，就有資格做朋友。」

「林公子——不好意思，我習慣將未婚者稱作公子。不管你是否已屆不惑之年，你怎麼可以這麼天眞？」

「多謝關心，我還在尋找世間的好女人。這不是天眞，而是我處世的原則：世上沒有眞正的壞人，也沒有絕對的敵人。」

「好吧，且讓我來爲你上一課教訓，把人留下來，不然就留下你的命！」

林和家露出爲難的笑容。他來之前已經把遺囑公證好，做好爲大美人殉葬的準備，但要是他和連海聲不幸葬身在這座暗無天日的牢籠，就沒有人回去摸摸小店員的頭了。

「小闇，拜託你，我還不想死。」

「早該這麼做了，誰教你要跟她廢話這麼多？」

「對不起，你最厲害了。」林和家依殺手指示的手勢，帶著連海聲往牆邊退去。

殺手舉槍對上延詩詩；面對這個隸屬於組織卻從不接受組織管轄的超級大麻煩，延詩詩的臉皮忍不住抽了下。

「老大，妳如此犧牲奉獻，可大老爺都剩半口氣了卻連見也不見妳，妳還沒有認清現實嗎？」

延詩詩以纖柔的嗓音回話：「我就是認清現實，才會站在這裡。唯有服從太子的諭示，我才有活路。」

「哦？不是想趁機會放鬆妳媽的戒心，幹掉她的白痴兒子嗎？」

延詩詩用力瞪了殺手一眼，又柔順地垂下眼。

「妳帶我和嵦來到這裡，不就是想要開創新局？憑妳的能力，大可建立自己的王國。

延世相可以，妳爲什麼不行？」

「恩柔，從頭到尾只有你相信我的鬼話，我們從出生開始，就不可能得到幸福。」延詩詩揚高手，下令集火。

「唉，變了心的女人眞是無情，眞該讓妳親親老公看看妳化成魚眼珠的嘴臉。」

延詩詩瞇起美目，威嚇殺手閉上那張嘴，不准提起她丈夫。

殺手揚起笑，他才不是耍嘴皮子，而是預告接下來的高潮。

轟的一聲巨響，從天而降的藍色中古車將塔頂撞出一個大窟窿，車子飛出右前輪，引擎冒出大量白煙。

即便是訓練有素的特務人員，也忍不住目瞪口呆地看著吳韜光扳開車門，拍拍屁股走下車。毫髮無傷，無法用科學衡量的男人。

「韜光親親！」殺手燦笑如花，張開雙臂要抱抱，吳韜光直接一腳掃去。殺手翻身閃過，向吳韜光撥了記飛吻。

「闇，我老婆人呢？」

「喏！」

吳韜光循著殺手手指的方向看去，那個穿著低胸連身白裙露乳溝又濃妝艷抹的女人，眞像他家裡溫柔賢淑的妻子。

「姊，我還以爲妳回老家了，妳還在啊！」吳韜光無視站在延詩詩身後的黑衣分子，看見她就像寵物發現飼主，笑得好高興。

「說過多少次，不要穿運動服和拖鞋出門……」延詩詩在心裡砍過殺手百千刀，竟敢把她的白痴丈夫拖下水來。

「可是妳不在，我找不到洗好的襯衫！」吳韜光理直氣壯地抗議，殺手哈哈大笑。

「這事與你無關，你不要插手。」

「怎麼沒有關係？妳就在這裡啊，我找了妳好久。」

「韜光。」延詩詩輕聲喚道。

「嗯。」

「你不走，我就要殺你了。」

「殺人有罪，妳要這麼做，我也只能以現行犯逮捕妳。」吳韜光邁步往延詩詩走去。

當他走到延詩詩觸手可及的距離，延詩詩冷不防抽出槍，槍口抵上吳韜光腦門，又挑逗似地滑向他胸口。

「詩詩，這瘋子說的是眞的嗎？妳是爲了延世相才接近我？」吳韜光仍然不肯相信他妻子會是殺手口中滿肚子邪惡陰謀的大壞蛋。

「韜光，我不是一個好女人。」

延詩詩放下槍，兩隻手並排在吳韜光面前，像隻乖巧的小貓。

「我就是大禮堂爆炸案的主謀，吳警官，你要抓我嗎？」

吳韜光看著十多年來長伴在他枕邊的美麗妻子，目光痛苦而糾結。

「你不愛我了嗎？你不是說要陪我到老？」延詩詩暗中抽起痲醉針，就要扎上吳韜光手臂。

「韜光……」

「什麼事？」聽見熟悉的叫喚，吳韜光反射性回頭，也害延詩詩失了準頭。

「給我回來，笨蛋……」連海聲吃力地抬起右臂，對吳韜光招招手。

「哦。」吳韜光踩上冒煙的引擎蓋，兩三步回到車子另一邊的正義陣營。

延詩詩惱怒瞪著那個像是精緻人偶的美麗男人，總是一而再搶走她的人。連海聲沒有回應她憤怒的瞪視，又閉上雙眼。

吳韜光接過殺手扔來的槍和彈匣，在不停冒出黑煙的轎車掩護下，與殺手合力往黑衣人集火。即便他們兩個幾乎要把塔牆打成蜂巢，黑衣分子一個接一個像骨牌倒下，站在前頭的延詩詩仍是毫髮無傷，可見他們的眼力和槍法旗鼓相當。

「小光光，我眞是太感動了！」

「少廢話，怎麼出去？」

「很簡單，只是會造成一些外部損傷。」

「哦，炸藥你裝的？」

「是啊！」殺手得意應道。

「那你就炸吧！」

林和家從震耳的槍聲和謎樣的對話擠出一句話：「等等，炸什麼炸？」

吳韜光和殺手一起看向林和家：「你不知道啊？」

畢竟貴爲世家公子的林和家沒有參與那場被喻爲警界對決九聯十八幫史上最華麗槍戰，整座廢棄大廈一夕夷爲平地。

「當年警方原本要滅了東西中三方聯會，收回持槍令，這傢伙卻把整棟樓炸掉，最後和局。」

「就是啊，我眞不懂當年禮堂爆炸案怎會算到我頭上？我怎麼可能把東西炸得那麼醜？」殺手從風衣內袋拿出金屬色澤的黑色片狀物，告訴林和家這是引爆紅塔基底的控制儀，要不要玩玩？

林和家連忙推卻，反倒是吳韜光空出一隻手接過，把玩一陣。

「喂，它要密碼。」

「不用啦，你把它往上丟。」

吳韜光照做，殺手舉槍射穿引爆器，頓時迸射出刺眼閃光，敵方不得不停下戰火。

隆隆聲從下方傳來，比林和家想像中驚天動地的爆炸還要溫和。

「和家哥，要來了，你把他抱緊一點。」

「什麼？」

林和家感到腳底一空，地板不見了，高塔像是被壓扁的蛋糕，不停往下陷落，林和家跟著失速墜下。

然而，追兵卻沒有放過他們，槍火重新上膛，子彈劃過林和家燒傷的臉龐，碰撞的痛處和臉上火熱的痛交互作用。

咚的一聲，林和家終於落地，可以看見傾倒塔牆外的光。他支起麻疼的雙腿，搖醒懷中沉睡的美人。

「海聲，讓我揹。」

連海聲咕噥一聲，不太甘願，卻仍伸出雙手，攀上林和家肩頭。

殺手也從石礫堆中現身，拍拍風衣上的灰土，像隻貓輕躡腳步，領著兩人離開谷地。

「韜光弟弟呢？」

「他叫你抱緊大美人。」殺手答非所問，好一會林和家才意會過來——吳韜光有要保護的對象，才會把連海聲託付給他。

不遠處，延詩詩掙扎起身，白裙沾滿沙土和血，逃犯就在她眼前，她抓得住。可是充當她肉墊的吳韜光倒在手邊，雙眼緊閉，頭部淌出鮮紅。

「老大，二選一喲！」

「你們爲什麼要把他捲進來！老公、老公，醒醒，不要嚇我！」延詩詩棄槍抱起吳韜光，放棄捉逃犯的好時機，只叫手下把直升機叫來，要把丈夫緊急送醫。

殺手抓著林和家往電梯方向疾步而去，林和家不肯走，深怕吳韜光就死在那裡。

「不用擔心，苦肉計。」

「你是說，韜光弟弟……」

沒給林和家思考的時間，電梯門開啓，四名黑衣特務守株待兔。林和家想要避開，殺手反倒加速跑帶跳衝進電梯中；林和家控制不了失速的腳步，只能反手抱緊連海聲狼狽滾進水晶電梯。

殺手側肘按下關門鍵，在電梯門關閉之前，先是擊倒舉槍的黑衣人，再踢出另一個。電梯門關上，還有兩個敵人，殺手抓準上升一瞬間的重力變化，將一人重摔在地，剩下最後一個。

最後一個黑衣人趁著殺手對付其他人，已經瞄準殺手扣上扳機。

「小闇！」林和家大叫。

殺手抽刀射向對方咽喉，鮮血噴濺整座水晶電梯，黑衣人嚥氣倒下。

「和家哥哥，這就是我們長大成人的風景，見識到了吧？」殺手笑著抹開臉皮沾染上的血液。

林和家全身都在顫抖，忍不住上前抱住這個保護他們的殺人凶手。

「沒有用的，你無能爲力，誰也救不了。」殺手受不了地給林和家蹭兩下，溫柔的人眞是小貓咪和黑貓咪的天敵。

叮的一聲，電梯門開啓。

等林和家一行人平安回到坡頂，吳韜光才睜開眼，和哭花妝的妻子四目對看。

「我就知道，妳還是最愛我了！」吳韜光大嗓門放送，全場特務聽得一清二楚。

「你竟然……爲了那個人騙我……」延詩詩氣得直發抖。

吳韜光從口袋找出兩張面紙，記得是吳以文替他放進去的，笨手笨腳爲妻子擦臉。

「姊，他在我父母死後，就像我大哥一樣扶養我成人，我一直很感激他，用這條命報答也不爲過。」

「這麼多年來，明明是我在照顧你，你卻爲了那男人跟我賭命？」延詩詩牙關都在打顫，她這輩子費盡心神，到頭來卻發現身邊所有一切，妹妹、男人和孩子，全是繞著那人而活。

「女人就是這樣，做錯事也不肯道歉！」

「我有多少無奈，你又懂什麼！」

吳韜光閉上眼說：「孩子，還有以文。」

延詩詩雙脣輕顫，她不知道吳韜光究竟知不知道他說的是同一件事。

「就算妳是壞女人，我還是愛著妳。」吳韜光屈下頎長的身軀靠上延詩詩肩頭，生平第一次示弱，兒女情長之前，英雄無用武之地。「姊，妳不要當什麼太女，回來我身邊，好不好？」

延詩詩心想，不愧是闇的手段，好一個殺手鐧。

「我和你本來就是兩個世界的人，別傻了。」

爲了不讓吳韜光再犯蠢下去，延詩詩親手扣下扳機。

早該這麼做了，把這男人的屍骨燒成灰裝進琉璃罐，待她榮耀功成衣錦還鄉，深埋在御榻下安眠。

延詩詩揚起玉手，向待命的組員發號司令。

「全員聽令！全速追上闇，把人給我抓回來，死活不論！」

殺手帶著林和家在樹林狂奔，林和家幾乎要喘不過氣，卻不敢停下。

殺手一直護送林和家到停車的小溪，才慢下腳步，叫林和家先帶大美人過小河，自己則守在溪岸，舉起肩上的長槍。

「阿寧，出來吧！」

穿著黑色緊身衣的年輕女子，臭著一張俏臉，從殺手前頭百尺高的石壁旁現身。

「闇，他到底是給了你多少錢？你還眞的給我們叛變！」

殺手笑嘻嘻地說：「抱歉，他給我的安全感，組織給不起。」

「安什麼全感！你好歹也是童家的主子，大夫人瞞了我們好久，沒想到令牌一直在你身上！」

「我喜歡做自己，自由地殺人。」

「少廢話，你就是一個神經病，我今天一定要宰了你！」

「阿寧，小闇哥哥好欣慰，五年來看著妳，妳已經長成一個小淑女了。希望妳以後老了，能找到一個笨拙的好男人將就下來。」

「你這絕對是嘲諷！娘個咧！」

阿寧嘴上說要殺了殺手，手中長槍的狙擊鏡卻穩穩對上林和家。殺手及時往她開了一槍，害她又得重新瞄準。

「寧寧，跟妳說個好消息。」殺手從風衣口袋拿出組織的無線電，甜膩笑了笑。

「我不聽我不聽我不聽！」阿寧無法關掉組織的頻道，只能捂住耳朵。

「小塏哥哥說，我得了胃癌，又肝轉移。」

林和家揹著連海聲走到溪水半中央，聽見殺手的話，怔怔回過頭來。他記得殺手才三十來歲，比吳韜光小一些。

「繼續走，別回頭。」殺手催促著，林和家才抖著肩頭繼續前行。「和家哥哥，依照合約，你得全心照顧我兒子，但是不可以跟他們感情太好，以免你取代我的父親寶位。」

他們？可是林和家只知道童明夜一個。

「小闇，沒有人可以取代你。」

「可是我家小孩很可愛，你又是那麼理想的男人，太危險了。」

「我向來一諾千金。」

「那就說定囉！」

阿寧眼睜睜看著林和家安全渡溪，沒入視野不佳的林道。她扔下拿不穩的槍，改發無線電要山下的組員待命。

阿寧回頭對殺手大吼：「恩柔哥，你別鬧了！」

「我不是在說笑。」

「幾期？思雅哥那麼厲害，憑我們家族的醫療技術，什麼病都治得好。」

「阿寧，人都會死，就算是皇帝也會死。」

「我學有所長，是爲了對付家族的敵人，結果你們這些掌權的大人物一個又一個放棄了這個家，你和皚有沒有想過被留下來的人的心情？」

「有啊，在我死前，我絕對不會容許阿寧妹妹嫁給一個快死的老頭子。」

阿寧沒想到她內心多年來的恐懼會被殺手一語道破。老皇帝要死了，太子已經下令，她和延世妍、兩個重家出身的女子擇其一，要給老皇帝殉葬。所以阿寧努力表現，希望自己不要變成被拋棄的對象。

「阿寧，跟小闇哥哥走吧，既然逃出來了，就別再回家。」

「你一個將死之人，還敢說什麼大話！」阿寧壓不下激動的情緒。

「我會給妳看，所謂奇蹟——」殺手舉槍，子彈飛過阿寧耳畔，打中她身後的山石，山石滾落峭壁，依地形走勢正好停在谷口，完美封住追兵的去路。

阿寧豎起全身寒毛，只用一顆子彈就擋下百來個敵人。殺手如果真要殺她，也只要動根手指，補上一槍。

但殺手沒這麼做，只是向阿寧拋出飛吻。

「跟小闇哥哥一起叛變吧，寧寧小寶貝！」

「你去死！」阿寧摔下狙擊槍，抽起腰間小槍，朝那張可惡笑臉連射出氣。

林和家坐上黑色金龜車，將連海聲放在副駕駛座，轉下鑰匙，發動。

原本零星的小雨，變成滂沱大雨，車子在雨中山路飛馳，林和家只是緊踩油門，離身後的牢籠越遠越好。

但當他們來到山腳與城鎮相接的路口，出路卻被如小山堆疊的原木擋住。

林和家緊急煞車，活路被封死，眼前一片黑暗。

他一停下，四周待命的黑衣人如蟲蟻般擁來，要他交出好不容易才帶走的美人。

「林和家，我在想，你真的很沒用。」

林和家驚愕轉過頭，不知道什麼時候，連海聲已經刷起兩扇長睫，一黑一藍的漂亮眸子鄙夷地看著他。

「真過分，我明明揹了你一路！」

「結果失敗，就是失敗。」

「我好想救你出去，看你和小文抱抱團聚，然後你會不會說要對我以身相許……」

「打死不可能，我才看不上廢物老男人。」

「喵嗚！」

「你身上應該有槍吧？拿過來。」

林和家不疑有他，將西裝內袋防身的短槍遞給連海聲。連海聲面無表情地檢查槍身子彈，然後把槍口對上林和家。

「爲了防止你落入別人手上破壞我的計畫，我先殺了你再說。」

「海聲，你……要跟我殉情嗎？」

「你要這麼美化也無所謂。」

林和家壓抑不了發自內心的笑容，然後閉上雙眼。

連海聲對這個世紀至蠢的男人實在無言以對，持槍的手伸出車窗，對空鳴槍。

嗚咿嗚咿，救護車鳴笛而來，見了木頭堆和人牆也沒有慢下車速，像坦克直接撞開所有路障。

林和家記得八年前還是九年前，他身邊這個男人想弄一支私人軍隊向林家炫富，因爲軍武不能公然買賣，加上雯雯不喜歡打打殺殺，這男人只能叫認識的修車師傅把進口來的裝甲車改裝成救護車，捐贈給各大醫院。後來各種天災與九聯十八幫爭王引發的黑道火拚，就靠著特種救護車救了不少性命。

「還怔著幹嘛？快走啊！」連海聲打開車門，抓著林和家衝向救護車洞開的車後門。

林和家以爲是自己冒險來英雄救美，結果連海聲根本不需要他插手，受困還是靠大美人出手，這讓他覺得自己有些多餘。

他們跳上救護車，救護車立刻迴轉，以最高速甩開追兵。

車內備有醫護人員，華杏林紮著兩條麻花辮，向兩位故人揮揮手。

「哈囉！」

「小杏姊姊！」林和家喜出望外。

「小家，你那張臉呀，不知道該說是鐘樓怪人還是歌劇魅影，需不需要姊姊修一修啊？一個月後，就可以變成大明星拍電影喔！」

「不必了、不必了，我覺得這樣很好。」林和家連忙退開兩步。

「可是你這張臉，站在海聲身旁不太匹配。」

「是這樣嗎？」林和家有一絲動搖。

「妳還不如直接幫他介紹個性好的女人。」連海聲扶著林和家肩頭，吃力爬坐上華杏林專為他帶來的醫療椅。

「可是阿家不喜歡個性好的女人，他只愛尖酸刻薄的美人。」

「也是，自作孽不可活。」

「怎麼了？我做錯了什麼？你們不要針對我啊！」

林和家不知道，他過年那段期間在古董店吃飽喝足、獨佔寂寞的小可愛店員，讓店長大人和魔頭女醫師著實不太高興。

外頭傳來直升機螺旋槳發出的答答聲響，緊接著是連番掃射。連海聲按著胸口，用車上的無線電叫來軍用戰機，要戰就只能戰下去。

「哇靠，海聲，你連軍方都滲透進去。」

連海聲喘著氣，咬牙回道：「爆炸案死亡的五十人中，總有幾個從軍的遺孤，我只是讓他們在軍中平步青雲。你好好看著，這些本來是我準備和你們林家同歸於盡的手段。」

林和家吶吶低下頭，向連海聲道歉。

「阿相，可以的話，能不能拿我的命來抵？」

連海聲一手緊抓著左胸，一手掐捏住林和家的衣領，喘息著吐出顫音。

「我真的很討厭你……你爲什麼就是不能不管你家……只站在我這邊……」

華杏林從背後拉過連海聲失力的雙臂，把病人放倒在醫療椅上，準備急救。

「受不了你，都要死了，還像個孩子計較誰跟誰好？」

林和家看著躺在椅上痛苦喘息的連海聲，自己也快呼吸不了。

「小杏姊姊，妳一定能救他吧？」

「和家，他手上都是麻藥的針孔，他是爲了帶你平安出來，才意識清醒撐到現在。」

林和家伸手撫摸連海聲的臉龐，連海聲微聲叫他不要哭，林和家輕應一聲。

華杏林給病人裝好維生的管線，平靜向大美人再次確認遺言。

連海聲認真望著她：「杏林，妳能不能……跟阿家結婚……」

「不能，我已經過更年期了，不能生孩子的女人，不是好女人。」華杏林紅著眼笑，對感情事絕不心軟。

「妳不服膺於體制……親手開創自己的事業，同時又保有醫者的仁心……哪一個女人比得上妳？」

「天啊，我都不知道原來你這麼愛我。」

「請妳考慮……他是一個好男人……我不能讓他就這麼……孤老終生……」

林和家握緊好友的手，幾乎要嚎啕出聲，但他不能哭，會聽不見連海聲比不上蚊鳴的微弱嗓音。

「拜託你撐下去，想想小文，撐下去！」

「以文……」連海聲反覆喃喃店員的名字。「不要讓他看見我的屍體……跟他說，我去一個很遠的地方……我已經厭煩他那張呆臉，叫他絕對不要跟過來……」

「這麼爛的謊話，小寶貝聽了只會哭得很傷心。」華杏林忍不住抱怨。

「管他哭不哭……我只要他……好好地……活下去……」

不論林和家怎麼抓緊連海聲的十指，那雙手還是隨著心電圖的靜止，無力垂落下去。

一個專制集權的轉捩點，多半落在繼承人身上。

童家出身的老夫人符合她先祖的戾氣，幾乎殺光丈夫的子息，留下由她所生的無能太子和優秀長女。

長女年少就離鄉接受異地文化，或者本來就懷著雄心壯志，才會捨棄富貴的生活到外地發展。她帶走被囚禁的童家少主，又費盡心思招攬只想避世研究醫理的袁家年輕主子，給重家開辦新的遴選制度，女子也可以外派任官。等老夫人意識到長女的布局，她的愛女已經成爲寶貝兒子統治路上最大的勁敵。

幸虧，長女無子。

只要太子有了孩子，依法理，長女也只能爲未來的少主輔國。太子不能生育，老夫人就把念頭動到人體研究中心的頭上。

聽說，有個新技術，叫活體複製是不是？

老夫人用資金箝制中心研究，要袁家主子知法犯法。袁家主子做是做了，就是不告訴老夫人，研究中心一千個幼子之中，誰才是太子的複本，以此軟性要脅南洋維持醫學中心的投資，確保孩子們的安全。

太子知道這件事，親自去找。不管袁思雅怎麼藏小孩，自己總是認得出「自己」。

啊哈，找到你了！

太子站在透明的培養室前，牌子寫著編號一〇〇一，開心望著他生命的奇蹟。物競天擇，適者生存，只要留下一個就好，其他血緣相近的活體都是競爭者，最好趕在成人之前，全數毀去。

於是太子離開後，給國際刑事組織打了一通匿名電話。

「我就知道，你一定會回到我身邊。」太子張開雙臂，深情抱住吳以文。

吳以文面無表情，只是拚了命地忍耐。

「你是什麼人？」林和堂出面處理騷動。

「我不怪你們孤陋寡聞，沒聽過我的名諱，在這座小小島上，我比較著名的身分應該是延世相的大哥，延世主。」

賓客忍不住驚呼，那就是南洋世家未來的主子。他不常露面，聽說唯母命是從，沒有婚配也沒有孩子。

「不可能，你至少四十歲了。」

「沒錯。」太子笑得好不得意，他臉上完全看不出歲月的痕跡，人類不該如此。「家父年歲已高，終於要死了，我爲了排解愁緒，特別上你們這兒看戲。今晚的演出不壞，尤其是可愛的小男主角，讓我想起親愛的小弟，我很滿意，非常喜歡。」

太子揚高音向賓客們賣力讚許，回頭對吳以文笑了笑。

「我弟弟希望你好好表現，賭這一把讓我能看上你。可他不知道，我從一開始看上的就是你。」

「我也是。」吳以文這個月勤奮練習，只爲了今夜表演給這男人觀賞，但並非要得到被認可的獎賞，而是製造出一個無冷場的空檔。「只要拖住你，你無暇發號司令，他就有機會被救出。我，不重要。」

太子這才收起虛僞的笑臉，正眼看向吳以文。

吳以文抽出藏在袖口的匕首，冷酷地把刀架在男人脖子上，引起眾人驚呼。

「這樣不對，你不可以不聽話，要乖。」太子失望地嘆口氣，並沒有被吳以文突來的舉動嚇到，讓吳以文不得不全神戒備。「好吧，我也不是沒設想過這結果，畢竟你被太多人經手過，弄髒了心眼。」

太子拿出口袋裡的手機，吳以文要搶，卻被一陣突如其來的電擊震開，失手摔下刀。

太子身周亮起青紫閃光，笑著向賓客介紹，這是南洋最新研發的電光防護網，刀槍子彈都無法動他分毫，目前只有核彈防不了。

「聽說你們島上科技很落後，還停在請人保護的原始時代，大概沒見過吧？」南洋太子笑得同情，滿懷惡意。「我赴宴，當然不能空手而來，給諸位準備一個大禮。我手上這支手機有個小小的應用程式，改進自引爆大禮堂的技術，遠端遙控電子電器，讓每盞照明的小燈變成過熱的小火球，事後只要說電器設備老舊就可以交代過去。」

賓客們聽不清太子自言自語一長串在說什麼，只是一聽見「大禮堂爆炸」這個長年的夢魘就開始恐慌。

「大哥，請你住手！」延世妍推開林和堂，摸著小腹，拖著顫抖的雙足向太子乞求。「這裡不是平陵，不允許殺人！」

「小妍。」太子親暱喚道，延世妍只是滿臉恐懼。「都怪妳存在感太低，我差點忘了我還有個可人的妹妹。對了，妳肚裡的孩子也算是我們延家的血脈吧？」

延世妍臉色刷白一層，幾乎要站不住身子。

「大家，他是一個瘋子，快點逃……」

延世妍不支倒地，吳以文及時扶住她，把她交給奔來的林和堂。

吳以文回頭大喊：「學姊！」

「我在快了，給我五分鐘！」陰冥踢下高跟鞋盤坐在地，十指在筆電上飛快操作，試圖破解遠端遙控的密碼。

太子噙著笑，就要按下引爆鍵，突然連發槍響制住他的動作。林家以爲救援的軍警趕到，但其實只有一個穿黑風衣的少年。

「刀槍不入是吧？我倒想試試看有多不入。」童明夜拿著雙槍，凜凜踩在大門上，只要太子稍微移動，就開槍把他定回原地。

雖然連海聲威嚇童明夜不要說，但童明夜還是忍不住跟吳以文暗通款曲，當天半夜就跟同樣失眠的吳以文聊天聊了三小時，把他在天海吃了什麼、睡覺被蚊子咬，還有遇到大美人的事都報告清楚，吳以文也因此知悉連海聲被軟禁的事。

世上能要脅住天地無懼的店長，只有一個地方：平陵延郡。

所以這些日子以來，吳以文無時無刻都想著怎麼對付這個該死的垃圾，把林家公子、童明夜和陰冥，他珍貴的寶物，全都賭了上去。

太子笑容不減：「這下可好了，三家的繼承人全到齊了。」

吳以文沒有因爲童明夜的火力支援而有一絲放鬆，反倒對這男人更加戰戰兢兢。

「小寶貝，你要坐上我的位子，思雅的女兒、恩柔的兒子，他們都是你的敵人，不可以再留。」太子模仿母親的口吻說話，母親忙著殺死父親枕邊的賤女人，沒空陪他，只堅定地教導他一件事：所有人都比自己下賤，必要時可以拋棄、可以除去。

吳以文仰頭凝視這個男人，打從心底希望不要和他有任何瓜葛。

「不，還有一個法子。」

「哦？」

「只要你去死！」吳以文不顧太子身上的防護電網，直接掐住對方咽喉。電光灼燒他的手臂，全場賓客，包括就在他身邊的陰冥和童明夜，可以聞見火烤的焦味。

「阿文！」童明夜心裡著急，想要衝過去把吳以文拉開。

「明夜，不要停！」吳以文只要童明夜專心壓制住這男人一根決定眾人生死的手指。

陰冥忍著不去看吳以文的慘況，只是大喊：「再三分鐘！」

太子被掐得喘不過氣：「你眞是……好大的膽子……我可是平陵未來的皇……」

「我不會，再讓你奪走，我的寶物！」吳以文皮肉嚴重燒傷，無法使出全力，全是靠著對痛覺的強大忍耐力和這個瘋子對抗。

「再一分鐘……」陰冥的聲音戛然而止。

童明夜停下支援的炮火，緊張喝道：「你們在做什麼！」

理應保護陰冥的天海幫眾，竟把槍口齊齊對向他們金貴的小公主。平陵延郡長年在黑白兩道安插自己人，養兵千日，用在一時。

天海幫聯向來是個「愛做買賣更勝道義」的黑社會組織，三個小孩子和一個帝國，明眼人都知道該投向哪方。

太子咯咯笑了起來，得到自由的那根手指，按下引爆鈕。

宴會廳的燈具全部亮了起來，從明黃色升至亮白光，最後承受不了高熱，中央水晶燈率先炸開，火星落在地毯上開始起火。

宴會廳的人們尖叫奔逃，可是門口火勢猛烈，仕女身上華麗的衣裳成了致命的障礙，只能在會場看著拋下自己落荒而逃的男伴哭號。

「小寶貝，這就是你不聽話的結果，他們會死，都是你造成的。」太子柔聲責備，吳以文冷冷看著他。

「不要再叫他寶貝，噁心死了！」陰冥忍無可忍，連她都沒那個臉皮說。

「就是說，阿文是我的！」童明夜義憤填膺。

「我可以放過他們，只要你臣服於我。」

吳以文毫不猶豫跪下來，對這男人重重磕下三記響頭。

「這才乖嘛！」太子滿意地笑了笑，「現在，你可以選一個送走。」

戀人和好友只能留其一，故意要吳以文在所愛面前，殘酷地把他們撕成兩半。

吳以文沒多想，直接指向童明夜，童明夜不可置信。

「阿文，等等，我們不是說好要同年同月同日，一起去天堂看貓貓？」

吳以文得到太子默許，過去扛抱起童明夜，不顧童明夜抵死掙扎，一把將他扔到火場外頭去。

而被留下來的陰冥，輕輕呼了口氣。火勢已經相當接近他們所在的會場中央，燒得她的裙紗一陣發燙。

「我喜歡學姊。」吳以文溫柔望著在槍口下仍像冰玉般沉靜的陰冥。

「煩。」

「對不起，妳等一等，我會跟妳，一起走。」

陰冥板著漂亮臉蛋，父親勸過她不要來，但她就是放心不下吳以文的安危，落到這個地步怨不得誰。

「算了，難得搶贏你老闆。」陰冥唸了一句。

會場突然下起雨來，從上方空調管線灌入大量的水，代替被破壞的防火系統，場內絕望的哭聲隨之安靜下來，受困賓客怔怔看著頂上的人工雨。這個神蹟一般的救人法子出自林家長公子的急智。

同時間，林家的守衛們衝過減弱的火牆，舉槍對上天海幫眾。機不可失，吳以文用肉身衝撞挾持陰冥的人，冒險奪槍。陰冥聽見一聲空頭槍響，又一聲低沉的「砰」，血花噴濺在她美麗的妝容上。

吳以文制伏叛徒，不忘用平板的聲音安撫陰冥。

「學姊，沒事，打到手，不會很痛。」

陰冥低頭擦去血液，一邊抹去湧出的眼淚。

「你眞的好可惡……」

火勢漸小，林家守衛包圍住太子，抓起叛變的天海幫眾。

罪證確鑿，林家卻不敢妄動這個金貴的瘋子，由林和堂出面和他談判。

太子用眼角輕蔑地看著林和堂，完全不覺得自己所作所爲有任何不對。

「別動手動腳，我們南洋文化和你們比較不一樣。我今夜所造成的損失，會用十倍金額賠償。」

「這不是錢的問題，你差一點就殺了所有人！」

「有人死嗎？」太子反問，林和堂看向吳以文。「他是我們家裡人，與你無關。」

「阿堂，不要信他！」延世妍扶著桌緣大喊，換來太子一記冷眼。

林和堂深吸口氣，鼓起勇氣。

「我認爲你蓄意謀害我的未婚妻和孩子，請待在原地，接受我國法律制裁。」

「好啊，制裁，連同我弟的案子一起──大禮堂爆炸案。」

林和堂收住聲音，太子如此有恃無恐，足見林家一定有把柄在他手上。

思慮良久，爲了林家的聲譽，林和堂決定妥協。

「請你立刻離開，林家可以不追究今晚的事。」

延世妍看未婚夫竟然軟弱接受太子的協議，幾乎要昏厥過去。南洋早就摸清林家不過是虛有其表的世家，沒有原則，只看好處。

「好吧。」太子嘴上這麼說，冷不防轉身，對著吳以文就是一槍。

什麼小寶貝、我等了你好久、你是我唯一的血脈，都抵不過讓他嫌惡的情緒，雜種就是雜種。

太子開槍前，已經算準吳以文會顧及身後有身孕的延世妍無法閃避，不料有人衝了出來，飛身推倒吳以文，胸口中彈。

「品！」

林律品倒地抽搐不止，痙攣的痛覺從血孔擴大到全身。

「品，不行，不可以！」吳以文緊急按壓住傷處止血，但血液還是從他指間大量噴出，白襯衫染滿鮮紅。

「痛、好痛、痛死了……你為什麼……每次中槍都像沒事人一樣……」

林律品知道自己是個懦夫，光是怕被人笑話就怕得要命。可他還是想要保護好所愛的人，無愧於真心。

林律品再也聽不見吳以文嘶啞的喊叫，失去意識。

救護車趕到現場，還有數名聞風而來的政界高官。他們不是來仗義執言，而是忙著向眾人粉飾太平，就在林家的地盤上要林家不要計較「這點小事」。

林家三嫂哭倒在大廳，問家裡的男人還在等什麼？等對方為誤殺道歉嗎？那男人根本是故意要用鮮血給林家洗地，還不明白他的意圖嗎？林律品不是別人，是林家長公子。今天平陵的皇儲對林家的公子開槍，等同兩大家族宣戰。

林家沒有人應聲，賓客們匆匆離去，當作沒看見這場「鬧劇」。原本亮麗的晚宴只餘下斷垣殘壁和一片黯淡的血腥。延世妍崩潰大哭，暴權之下，誰都無法得救。

「不好玩，我要回去了。」

太子兩手插著口袋離開，竟然沒有人攔得住他。

七、斷腕

「律品，你醒了！」林律行驚呼一聲，病床上的美男子茫然睜著眼。

林律品想起昏迷前的事，用安好的右手捂住臉，他眞是瘋了。

「我媽眞可憐，這下子全世界都知道林家大公子看上一個男孩子，死掉算了。」

「家裡沒人笑你，只是被你嚇到。沒有人想到你竟然跑去幫他擋子彈，原來你這麼喜歡他啊！」

林律品無法否認，身體往往比嘴巴更誠實。看吳以文在槍口下，理智知道他比自己更能處理危機，卻不由自主衝上去。

「你受傷後，他每個晚上都守在床前，一直到你穩定下來。你媽你爸看在眼裡，連機掰的大伯都沒說話。」

「有什麼用？他的命在連海聲那邊，還橫著一個孽緣糾結的天海千金，又不可能娶我負責。」林律品埋怨完全宇宙，又微聲喃喃一句：「又沒有結果。」

「他特別留了這個給你。好像是你教會他的，貓咪紙球。」

「送什麼貓紙球？我還不是爲了他才喜歡貓的。」林律品接過紙球，拉開尖耳，將紙球攤平。

——品，命在，我會還你一輩子。

林律行看林律品反覆翻看紙條，好像要看穿一個洞才甘心。

「真是的，為什麼不乾脆寫喜歡我就好？」林律品躺回去，把紙條深深按在胸口。

連海聲作了一個夢，恍恍惚惚有個娉婷的身影坐在床邊，感覺異常熟悉。

「少爺，醒醒。」

「妳閉嘴，我知道妳已經不在了，這只是潛意識在作祟。」

四周安靜下來，他才悻悻睜開眼，卻見到那女人恬靜的面容，依舊穿著一身老氣的褲裙套裝，倚在床頭守著他，如此真實。

「妳這個混蛋，讓我等了五年多，不對，六年了！跑去哪裡了？給我交代清楚！」總而言之，連海聲先發脾氣再說。

「除了少爺身邊，我哪兒都沒去。」女子那張缺乏喜怒的撲克小臉有些無辜，「我見你好幾次夜不成眠，抱著我的相片躲在被子裡偷偷哭。」

「誰哭了！我才沒有哭！」連海聲惱羞成怒。

「我看得心都要碎了，還不如你忘了我。」

連海聲確定這不知道是幻覺還是鬼的東西，真的是他的祕書小婢，凡事包括自己的心情都要以他爲優先。當她試探性碰了碰他的右眼角，他微傾過身子。得了他默許，她才伸手環抱住他。

「雯雯，不准妳再離開我。」

「可是少爺，小文在等你。」

「又不是妳生的，管他那麼多幹嘛？」

「因爲他是少爺的心肝子，也就是我的寶貝。」

「都怪妳死了，害我撿了他沒人可以照顧，不得不送去吳韜光家，才會變成一個笨蛋，都是妳的錯！」連海聲非常委屈。自從少了可以遷怒的對象，所有錯誤決策的結果都得由自己承擔。

她默默承受他的責難，眞心爲自己惋惜：「好可惜，不然我和少爺就有孩子了。」

她就這麼輕易說出他想也不敢想的假設，認定他這種人也能有幸福美滿的結局。因爲這是夢，連海聲可以抱著不存在的她盡情痛哭。

等連海聲發洩完這些年積累的情緒，她才輕手抹開他頰上的淚。

「少爺，起來，我們去看小文。」

「我好累，我不要。」

「世相少爺。」她祈求般喚了聲，「要不然，我揹你過去？」

「妳就是這樣，才會把我寵成廢人。」連海聲心不甘情不願伸出一隻手，讓她半跪上床接過。

「我心甘情願。」她把他的手貼在頰邊，反覆摩挲。

他們相差近二十公分，連海聲把長腿夾在她腰間，讓她艱難地一步一腳印，打開和古董店一模一樣的臥室紅木門，穿過昏暗的起居室，走向光亮的店鋪。

到了內室與店鋪的交界處，連海聲卻不肯下來。

「我那顆爛心，被救回來也沒剩多少時間，算了。」

「少爺，請不用擔心，我會想辦法。」她拍胸打包票。

「哼，妳一個死人能做什麼？去求神拜佛嗎？」連海聲深思熟慮過後，拒絕回到現實，現實只剩下痛苦和悔恨。

「啊，有貓。」

「哪裡……啊啊，妳竟敢暗算我！」連海聲被看似柔弱其實力大無窮的小祕書趁機甩下背，一把往亮光處塞去。

「少爺果然很喜歡貓呢，你看，小文就在那裡。」

「他是人，都這麼大一個男孩子，不要再縱容他的幻想！」連海聲抵死掙扎。

「是的，只有在少爺身邊，小文才覺得當人是幸福的好事。」

很多人知道吳以文是連海聲的小寶貝，但很少人明白這名字有時候對他來說也是禁句、是傷疤。

「妳懂什麼？妳又知道什麼！」

「我知道，只要小文開心，少爺就會開心。」她柔聲說道，連海聲都快忘了，這女人有多麼了解他。「但他和少爺之間的聯繫只有心，當你意識到他對你有多重要，你就害怕了，想要逃跑。不要再這麼做了，否則你眞的會失去他。」

連海聲惡狠狠瞪著她，她只差沒明說他就是個膽小的懦夫。

「唯有看著他的時候，你才能忘記我。」

「爲什麼我得忘了妳？我就是要記得妳一輩子，妳有什麼意見！」連海聲掐緊她雙臂，把心底的感情嘶啞吼出。「要是我從夢中醒來，意識到沒有妳的時候，妳要我怎麼活下去？妳說啊，妳告訴我啊！」

「我不喜歡看你折磨自己，應該說是討厭，我討厭所有會害少爺難過的事。你如果爲了我葬送美好的餘生，我就要討厭自己了。」

「我怎麼可以一個人獨活？我向妳發過誓，我們死也會在一起……」

她笑了起來，很突兀，卻看來很幸福。

「嗯，我到死也沒有放開手，一直守在少爺身邊。」

連海聲長年的心結，就這麼被一句笑語輕易解開。她從來不怪他，只是愛著他。

「對不起，說要爲妳報仇，卻向害死妳的老家低頭……」

「我知道少爺爲了我，連性命都願意捨棄，只是小文又比我重要一些。」

她柔柔笑著，捧住他雙頰，親吻他燦藍如大海的右眼。

「少爺，只要你幸福，我這一生也就足夠了。」

夢醒了，連海聲眞正睜開雙目，看著自己置身於日暮的斗室，從窗口透入的夕暉將漆白牆面染上一層迷濛的昏黃，恍如隔世。

雖然變化不小，連海聲還是能認出這是當年他藏身的地方。床頭堆疊各種醫療儀器，華杏林那女人大概把她醫院燒光的保險金拿來改造他過去譏爲公廁的破落醫護所，還在他左手側的窗台放了一只紅彩葫蘆瓶，自以爲有格調。

如此大費周章，連海聲用腳底皮都猜得到，這些日子華杏林沒在養傷，而是費盡心思想強留下他的時間。他又沒有求她這麼做，眞是多管閒事。

可是當連海聲望見趴在床邊的男孩子，只能在氧氣罩下嘆氣——這就是華杏林不允許他擅自死去的原因。

吳以文耳朵動了下，接收到不一樣的呼吸聲，抬起頭來。

「老闆。」吳以文小心翼翼叫喚一聲，還以爲是夢。

「文文……」連海聲看著久違的店員，只感到無奈。

吳以文赤腳爬上病床，避開連海聲身上的呼吸器和注藥管，把頭腳蜷成一團，窩進連海聲懷中。

「受不了，你是貓嗎？」

「喵喵。」吳以文賴在連海聲的肚皮上。先前在林家春宴耗盡腦力，從風靡全場的英傑退化成需要人撫慰的幼崽。

連海聲想起他交派給店員的任務，拿起氧氣罩，虛弱地向吳以文驗收。

「你有沒有好好表現？」

「我有聽老闆的話，還有拜託大家，幫我作假。」

連海聲想起吳以文那群豬朋狗友，平時看起來只會纏著店員吃吃喝喝，關鍵時候倒是毫不保留鼎力相助。說店員不會社交，就結果論倒是比他還要得人心。

「那你見到……那個人了嗎？」

吳以文輕應一聲，像是喉頭被勒住一樣。

「他是我大哥，南洋即將繼位的太子，膝下無子……」連海聲勉強說著話，向吳以文表明要他參加林家春宴的眞實動機。早在被太子要脅之前，他就存有把吳以文捧上高位的想法，只是在太子面前裝作逼不得已。誰教他那個大哥神經病，特別偏愛得不到的東西。

「老闆，我不喜歡他。」吳以文悶悶地說。

「我也不喜歡，你聽話，忍一忍，以後就沒有人……能把你踩在腳下……」

「不要，我要給老闆養。」

吳以文抱住連海聲不放，連海聲可以從仰躺的視角望見男孩倔強的表情。華杏林可能還沒跟吳以文說清楚自己的狀況，這個笨蛋才會抱持著不切實際的希望。

「以文，這是一個好機會，只要你抓住了，就能擁有名正言順的權力。不會有人笑你沒有父母，你可以娶眞正所愛的人，可以做很多別人一輩子做不到的大事。」

連海聲等著吳以文的回應，對方卻一動也不動。

「你有在聽嗎？」

吳以文仰起頭：「喵喵、喵喵。」

「不要以爲裝成貓就可以逃避現實！」

「老闆，我只是一個，小孩子。」

「你不是說自己長大了嗎？」

「喵喵、喵喵。」吳以文瞇緊眼，全力逃避現實。

連海聲爲之氣結：「笨蛋就是笨蛋！」

吳以文任由連海聲抓毛出氣，等店長大人打夠本，才換他指爪拉住連海聲的病袍。

「我也想要當大人物，讓老闆驕傲；可是老闆不在，一切都沒有意義。」

「你這小子，什麼時候變得這麼會說話？」

「等你的，每一晚，我都在夢中，說一次，給老闆聽。」

連海聲沙啞說道：「笨蛋，要是我不回來，你不是白等了？」

吳以文埋在連海聲身上的腦袋搖了搖，連海聲不知道他的意思是拒絕這個答案，還是認爲他不可能不回來見他。

連海聲想要揍醒店員，伸出的手卻無力垂下。事已至此，該怎麼辦？能怎麼辦？

吳以文感覺到店長的不安，把臉湊上連海聲的指尖，輕輕磨蹭著。連海聲雙手覆上吳以文的後頸，輕輕搔弄著，讓吳以文安心閉上眼睡去。

林和家帶著餐點過來，發現連海聲坐在床頭發怔，兩腳絆了下，還以爲看錯。

「白痴。」

「小杏姊姊說，你可能從此一躺不起，要家屬做好心理準備。」

「我哪來的家屬？」

林和家比了比自己，又比向安穩睡在連海聲肚皮上的吳以文。

「你昏迷的這幾天，都是我和小文輪流照顧你。」林和家坐上折疊椅，飯也不吃，只是盯著大美人傻笑。

連海聲垂下眼：「謝謝，我睡得很好。」

這男人從不隨便道謝，林和家心領神會：「你夢見雯雯了嗎？」

「嗯。」

「太好了，她一定有聽見我的祈禱。」

連海聲看著林和家的笑容，低聲問道：「和家，你還愛著她嗎？」

「在她生前，是的，我非常愛她。只是我以爲，愛這個字，僅適用能觸及的人事物身上，因爲相互回應而滋長。她死了，我再執著對她的感情，也不會是愛。」

「明明是個未經人事的老處男，還有臉侃侃而談？」

「不是你問我的嗎？」林和家好生冤枉。

「我只想知道，你爲什麼不恨我？」

「我從來都沒恨過你。況且失去她，你比誰都痛。」

「我每次聽你說話，就覺得不舒服。」

林和家抓抓臉，習慣連海聲冷言冷語。他起身端來一盆溫水和乾淨的毛巾，要給大美人擦手臉。連海聲看著他擰毛巾的動作，卻沒阻止他幹活，林和家當他默許。

當林和家碰觸到那隻藍眼睛，連海聲長睫輕顫兩下，他不由得看得出神。

「幹嘛？」

「我想起第一次見到『你』，心想怎麼會有這麼漂亮的人？這五年來以爲自己看習慣了，但你還是如此美麗。」

「變態。」

「阿相，你眼睛好漂亮。」林和家深情誇讚著連海聲身上唯一眞正屬於他的地方。

雖然教育家總說以貌取人很膚淺，但只要喜歡的心意不是謊言，就是眞實。

「你就這麼愛我嗎？」連海聲沒好氣地問。

林和家聽了，罕見地沒說一長串的大道理告白，只是老臉微紅。

「眞沒眼光。」

「這我不同意。」林和家笑了起來，「海聲，你能不能選擇我？」

連海聲撫著吳以文的腦袋，沒有回應。

「你只要放開心胸，讓我照顧你，什麼也不用做。」

「說過很多次，我不是你老婆。」

「我不是那個意思啦……」

「我才不想整天面對你那張醜臉，承擔你負罪感加諸在我身上的精神傷害。」連海聲刻薄地數落一句，林和家又抓抓臉。「和家，如果你把燒傷的臉皮修好，我下半輩子就跟你一起過。」

「眞的嗎？你是認眞的嗎？」林和家整個人跳起來，想要撲上去抱緊連海聲，被連海聲伸出的中指阻止。

「白痴，當然是開玩笑。」

林和家只是笑，然後淚水無預警地湧出，又哭又笑，就像個瘋子。

「你哭什麼哭?」

「抱歉、抱歉,實在克制不住。」

「你又道什麼歉!」

「對不起,第一次有人說要跟我一起過日子,我好高興……」

連海聲彷彿回到年少時代,當他帶著雯雯正式造訪林家,看見那位被譽為「第一公子」的少年,掛著彬彬有禮的笑容,站在中庭外邊看著家族的孩子打鬧玩耍。沒有人叫少年進去屋裡玩吧,只要求少年用不怎麼厚實的肩膀撐起一整個家。

縱觀林和家的人生,失去雙親、失去摯愛、失去家族,就是一齣大悲劇。

「你不要哭了,小孩在睡。」連海聲用力拍打吳以文的背,吳以文收回掏面紙給叔叔的手,繼續裝睡。

林和家趕緊抹乾眼淚,強擠出笑。

「還有,我血糖過低,你不要煩我。」連海聲不太自然地轉移話題。

林和家會意過來,喜出望外:「我餵你,請讓我餵食!」

「這什麼,好難吃!」連海聲吃了一口就拒絕再食用冷掉的燉飯。

「老闆,我去煮飯。」

「小文，你醒啦！」

吳以文在簡便的廚房做飯，聽著房內的大人平和地閒聊。

林和家說他在南洋買了一座小島，景致秀麗，海水像寶石一樣湛藍，可以坐在礁石上釣魚，一邊享受輕拂的海風。

連海聲說他最討厭釣魚，無聊死了，超過兩小時他就要回去度假小屋睡覺。

和過往只有主僕倆相依爲命的日子不同，連海聲現在有林和家無微不至貼身照顧，於是吳以文在店長的威逼和叔叔的溫情攻勢下，終於去上學了。

楊中和見到久違的吳同學，大大鬆口氣。雖然吳同學從開學曠課到今天，但很奇怪地，一些找大廚的網路留言都有得到回應，像是霸凌者和學生藥頭大清早被發現下半身埋在學校中庭花圃之類的。

雖然楊中和喜歡公義得到伸張，但還是要唸吳同學幾句，竟然寧願分神處理學生事務也不來上課，把學校當什麼了？

放學時分，楊中和叫住鐘聲一響就要往外跑的吳以文，把這些日子吳同學請假沒跟上的課堂筆記影印本給他，還有來自各方的血書。

「這是你的陳情信。自從你在學生選舉大發豪語，大家都以爲眞的可以把你當神依靠，但你沒有你表現出來的那麼厲害，無法有求必應，有時候也要學會拒絕。」

「謝謝班長，請班長轉達小貓咪們，我不在，要堅強一點。」吳以文誠心拜託楊中和，楊中和看在交情和便當的份上，願意替吳同學扮黑臉。

「如果你都自身難保，就不要再逞強了。」

「要是可以，我每一隻都想養下來。」吳以文遺憾表示，會長選舉時在演說台上所說的並不是虛言。

「那你就快點把事情處理好，回來過日常生活。」楊中和看吳同學沒什麼精神，趁今天兩大校園偶像都不在，拍拍他的頭。

吳以文一雙眼直溜溜望著楊中和，捨不得眨眼。

「怎麼了？」

「班長，我會，很想你。」

楊中和怔了下，總覺得吳以文今天來學校，不爲什麼，就是來看看他。他們之間一年多來的同班緣分加上患難與共的情誼，値得這一面道別。

「也會很想，花花和公園的大家。」吳以文瞇緊雙眼。

楊中和很不滿跟貓相提並論，但現在不是計較這點小事的時候，吳同學讓他很擔心。

「幹嘛講得像訣別？」

吳以文一聲輕嘆：「我有一個寶物，比性命還重要。」

楊中和不假思索地回：「所以你要賭上這條命了嗎？」

吳以文用力點點頭。

「吳以文，你就不能活得普通一點嗎？」楊中和傷透腦筋，以他對吳同學的認識，一旦吳同學下定決心，沒有人阻止得了。

「我也想，像小和一樣，當好孩子。」

楊中和想了又想，他應該要力勸吳同學留下，但他還是把心裡話說出口。

「你當不了好孩子，因爲你註定是英雄。」

「班長，是這樣嗎？」吳以文露出欲泣的眼神。

楊中和第一次覺得他同學像個孩子，或許這人從來沒有他以爲的那麼勇敢，但他並沒有感到失望，反而更加移不開眼。

「寶物難得，你到死之前，都不要放開手。」

連海聲把店員趕去上學，就是不想讓吳以文看他倒下來的樣子。他可以忍痛，但實在忍不了二十四小時。

連海聲也很想叫林和家一起滾，不想看對方一邊爲他按摩，一邊說著不好笑的笑話，還用含情脈脈的眼神噁心他。

「阿相，你痛可以叫出來。」

「我絕不會……如你所願……」

林和家很無奈，摸摸好友的頭安撫，連海聲幾乎要用一雙殺人美目瞪死他。

「我都說要養你了。」

「去死吧……」

林和家心頭糾結，連罵人都這麼虛弱，還不如氣焰囂張把他踩在腳下。

鈴聲響起，和古董店銅鈴一樣的鈴聲，林和家跳起身，跟連海聲再三道歉。他以爲手機已經關機，但他關的是工作機，家人專用的那支沒有關。

「奇怪，應該只有你和小文知道號碼……」林和家想要讓連海聲安心，但顫抖的雙手洩露他惶恐的心情。

連海聲心裡有底，也就是說，來電的是林家。算算時間，也該來了。

林和家走到房間外，整理好情緒才接通電話。

「家哥……」

「阿堂，怎麼了？」林和家從未聽過林和堂發出這種哀求的聲音。林家從小就把林和堂保護得特別好，造成他帶著一些不懂人情世故的任性，像是爲了女朋友去砸人家的店。

「小妍在我面前昏倒，醫生說她中毒，急性毒……我連她怎麼被下毒都不知道……」

林和家光是聽對方混亂的敘述，就意識到事態有多嚴重，林家上下的人身安全已經被掐捏在對方手上。

「小妍還好嗎？」

「母體很危險，孩子……可能保不住……」

「阿堂，聽好，你是爸爸。爸爸啊，你明白嗎？」

林和堂帶著哭腔應了聲。

「你陪在妻小身邊，什麼也不要想，你來保護他們不要再受到傷害，誰來廢話都不用聽。你是孩子的爸爸，知道嗎？」

林和堂深吸口氣，好不容易才冷靜下來，擠出一句現實不過的問題。

「林家怎麼辦？誰來保護律品他們……」

林和家自幼喪親來到林家，大半輩子爲林家而活，除了他，還有誰呢？

「家哥，求求你回家好不好？求求你！」

林和家無法回應。他不能回去，他還要照顧病重的美人和其實不太堅強的孩子。林和堂的哭聲和他對連海聲的感情相互拉扯，心就要撕裂成兩半。

「阿堂，對不起，請讓我想想，好好想想。」

林和家掛斷電話，習慣性想找連海聲商量，但當他進屋望見連海聲蒼白的面容，一切思緒打上了無解的結。南洋這番大動作就是要他放棄對連海聲的庇護，但他怎麼可能放棄得了？

連海聲按著胸口起身，林和家上前阻止他動作。

「和家，我想……我可能一直都很嫉妒你……」

「阿相，你先不要說話，沒事的，你會沒事的。」

「你總是能暢所欲言，說出眞誠又動人的話語，大家都喜歡你……我也想像你一樣受歡迎……比起延世相，我更想成爲林和家……」

林和家無意識搖著頭，他不知道連海聲說這些做什麼，也不想弄明白。

「我們……只是毫無關係的合夥人……你從來沒欠我什麼……」

連海聲嘴上嫌棄了一輩子，也不會改變林和家待他溫柔的事實，總是給他最好的，幾乎不求回報，也因爲如此，他沒有資格強留他下來。

林和家察覺到好友未言說的體貼，愈發感到自己有多殘酷。他總是要連海聲多依賴他一些，但事到臨頭，那雙削瘦的手都放到他懷中了，他卻要抽開身。

「可是，你只有一個人……」林和家泣不成聲。

「林和家，你走吧。」連海聲閉上雙眼。

八、亡命

吳以文放學回來沒有見到林和家，只有連海聲一個人。

連海聲一手吃力地抓著床杆，一手撥著鈕釦，似乎想要換下病人袍。床上零落散著血滴，應該是強拔針頭的結果。

「老闆？」

「回來得正好，雙手借我。」

吳以文消毒完手腳，過去跪坐上病床，替連海聲換穿好白襯衫西裝褲。連海聲靠在吳以文肩頭，微微喘息著，好一會呼吸才穩定下來。

「叔叔？」吳以文問起林和家的下落。

「我把那個哭哭啼啼的廢物趕回家了。你也去換件體面的衣服，我帶你去見一個長輩。」連海聲按著胸口喘氣，看來很不舒服。

「老闆，不要去。」吳以文拉住連海聲的手，搖頭代替他笨拙的言辭。如果林和家還在，一定能勸阻連海聲亂來。

「爲了利益也好，爲了情分也罷，我必須去見父親最後一面，你能明白嗎？」

吳以文這才走到角落主僕共用的衣櫃，脫下制服，換上正裝。

連海聲把動作拖拉的吳以文招來，親手爲他繫上領結，順了順頭髮。

「文文，去了別多話，叫『爺爺』就好。」

吳以文把腦袋靠上連海聲胸口，連海聲似乎感覺呼吸順暢一些。

「我想當老闆的小孩，其他垃圾親戚都不要。」

「笨蛋，皇親貴冑，哪容得你挑剔？」

做好賭上一切的準備，連海聲推開醫護所大門，眼角瞥見一抹黑，還來不及反應，吳以文先將他撲倒在地。

砰砰砰！一連三記槍響，連海聲就知道，老太婆不可能放過他這個隱藏繼承人。就算死老頭子只留下一根鼻毛給他，老太婆也要在他拿到那根鼻毛之前，把他剁了餵魚。

吳以文抱著連海聲退回屋內，腳跟往門邊牆角重踢，彈出暗門。他翻身躍起，從暗門抽出機槍，架設在改裝過的窗台，啓動自動掃射。再抽起狙擊砲，一發、二發、三發，絲毫不留給敵人喘息的空檔。

醫護所前方被吳以文轟得塵煙滿天，吳以文扛抱起還沒來得及反應的連海聲，撬開廚房下的地磚，從地下通道逃出。

「這些鬼東西什麼時候弄的？」連海聲很不舒適地靠在吳以文肩上，在對方快跑帶動的勁風中抱怨一句。

「華醫生拜託班長的爸爸，華麗一點，必要時可以引爆，有保險。」

「一群神經病！」

「因爲老闆是，最珍貴的寶物。」吳以文來到轉彎處，不再前進，轉而頂開頭上的木門。先把連海聲抱上去，自己再矯健地抓著草根翻身出洞，靈活的身手愈發不像人類。

連海聲在吳以文英勇護主下，來到醫護所外圍由垃圾掩埋場改建的公園地，公園草坡的高低落差處停了一輛銀色跑車，駕駛座車門突兀地寫著一行紅字：「品愛文forever」。

「這是什麼？」

「小銀四號。老闆坐機車會冷。」所以貼心的店員特地向林家大少爺借了愛車來開。

連海聲喉嚨不太舒服，只是用手指比著吳以文，又比向那行紅字，要他解釋清楚！

吳以文神氣地挺起胸膛，畢竟不是隨便一隻貓都能把到名門林家的千金子。

連海聲氣得扭住店員腦袋，笨蛋笨蛋大笨蛋！

又是一聲槍響，看在生死交關的份上，連海聲不得已放棄跟店員算帳，坐上副駕駛座。

「開車，南亞醫院。」

吳以文聽令踩下油門，全速前進。

吳以文捨棄一般道路，改走沒有鋪柏油的郊區小路，避開敵方設下的封鎖線。只是這種自我開創的路線相當顛簸，連海聲按著胸口，臉色蒼白，像是隨時都會昏過去。

但吳以文只要有一絲想為他慢下的跡象，連海聲立刻大吼回去：不准分心！

「我要你停下，會像這樣抓著你的衣服，你只要前進就好。」

「嗯。」

「嗯什麼嗯，說話不要含糊其詞。」

「想給老闆，拉爪子。」吳以文不想要被拉衣服，比較想要牽牽。

連海聲忍不住翻過白眼，都什麼時候了，還只想著撒嬌！

「你還沒厲害到能單手開車，下次。」

吳以文聽了猛眨眼，好不期待，全世界也只有店長大人敢陪他練車。自行車、機車、開車，都是連海聲親手教的，但他怎麼學都只像吳韜光的暴力駕駛模式，沒學到連海聲掌握方向盤那股沉穩和優雅。

「還有很多事，要跟老闆學。」

「教你這個笨蛋，不知道有多勞心勞力。」連海聲不耐搭著話，只有說話才能勉強保持清醒，也才能讓吳以文安心。

「大家都說，我像老闆。」

「哪裡像了？」連海聲戳刺吳以文的臉頰。

「很像。」吳以文忍不住抿高脣。

追兵是南洋來的外地人，即使配備最先進的導航系統，還是比不上半輩子住在這座城市的古董店主僕。吳以文開車橫越過大排水溝、鑽橫鑽過小巷，車輪駛過泥濘的產業道路，搶在敵人之前，取直線距離來到目的地南亞醫院。

吳以文把車急煞在醫院正門口，下車為連海聲打開車門。

「快，扶我上去……」連海聲虛弱地下命令。

吳以文在連海聲面前半跪下來，獻出後背。連海聲沒有猶豫太久，伏趴上去。

停業的南亞醫院成了荒城，只剩下三三兩兩的醫護人員走動，古董店主僕穿過死寂無聲的大廳。連海聲熟練地為吳以文指路，直走、右轉、向上，他被關進紅塔前，就是被監禁在醫院的特別診療區。

終於，來到亮著紅燈的病房門口，連海聲從吳以文後背下來，在電控鎖按下指紋，系統顯示通行，房門開啓。

有個穿著黑色棉襖的富態老婦人見他們出現，盛怒衝來連海聲面前。

「你來做什麼！」

「妳不是一直在監視我們，怎麼會不知道？」連海聲抬眼示意病房的電視牆，畫面就停在他們駛來的銀色跑車上。

連海聲推開老婦，帶著吳以文來到病床邊。

「父親。」

老人昏沉睜開眼，恍惚看著連海聲那隻藍眼睛。

「相兒……」

「您說您虧欠於我，還算數嗎？」連海聲咄咄逼問，老人虛弱地點點頭。「父親，這是我的孩子，請您立他為儲君。」

「過來，讓我看看……」

連海聲輕手將吳以文推向床側，老人枯瘦的手骨突然使勁攫住吳以文的手，吳以文一時無法掙脫。

「如果能……早一點找到你……該有多好……」

聽來像長輩憐幼的話語，吳以文聽了卻全身發麻。

「聽我令下……這孩子，將是延家未來的支柱……」

砰的一聲，連海聲雙膝叩地。

「謝謝您，父親！」

吳以文瞥見床上華服的老人露出一抹惡意的笑容，然後歪過頭，吐出白沫。

待命的醫護人員立刻上前確認，正式宣布老人死亡時間。病房內所有人跪了一地，除了吳以文。

「夫君……你怎麼可以拋下我！」老婦人沒有淚水地放聲哭號，當她用手巾抹著眼角抬起頭，換上另一副猙獰的嘴臉：「我絕對不同意，讓一個小雜種過門！」

就在這時，病房大門再度開啓，門外站滿荷槍的黑衣人士。

老婦不滿她發言被打斷，拔高嗓子斥責：「你們這是……」

咻，一記短促的消音槍聲，子彈貫穿老婦的腦門，噴濺出鮮血，掀開奪權的序幕。

槍口就要鎖定下一個犧牲者，落地窗突然無預警爆開，湧入高處的強風，讓暗殺兵團看不清目標。

吳以文抓準時機，抱起連海聲，毫不猶豫往下躍去，踩上距離兩層樓的突出平台。

老婦被殺的畫面還在連海聲腦中揮之不去。自古皇帝駕崩，權勢多半落在從皇帝病弱就一點一滴攬權的老皇后手上，對方毫不猶豫殺了老皇后，這一下真正群龍無首，底下人必定會亂。

老皇后擁立自家的寶貝兒子，她死了誰能得利？連海聲想起潛藏已久的陰謀家，不甘屈服於女子之身的太女殿下。

吳以文揹著腦子高速運轉的連海聲，在醫院外牆飛簷走壁。手機鈴響，連海聲代他拿起口袋裡的貓咪機子。

一接通，陰冥連珠炮交代下去，要吳以文從逃生門下四樓資料室。房間有直通院長室的通道，頂樓有天海的直升機等著。

吳以文回：「學姊，下輩子一起當貓。」

陰冥幽怨以對：「不用了，我會好好把你忘了。」

吳以文有些辭窮，只是說：「我愛妳。」

「大騙子！」

陰冥用力掛了電話，連海聲總覺得天海小千金的態度有古怪，好像認定再也不會見到吳以文。但沒有讓他追問的機會，吳以文一個旋身，將他反抱在懷，側肘撞開四樓逃生門，及時躲開從上方掃射的炮火。

吳以文拉住四樓走道第一道門的門把，綠燈亮起，讓他得以進入資料庫管制區。

「文文，你來之前，已經規劃好逃生路線？」連海聲平靜詢問店員。

「老闆生病，須要照顧。我很大隻了，可以照顧老闆。」吳以文願意放棄小孩的身分，就是要保全這個人。

「好笑。」連海聲對吳以文的隱瞞並沒有多生氣，只是反證自己的無能。

「老闆，我們一起逃吧？」吳以文半跪下來，重新揹起連海聲。

連海聲側臉挨著吳以文的軟髮，沒有答應，但也沒有拒絕。

吳以文沿著資料室鐵櫃行走，找到內間的小電梯。電梯門開啓，出現天海幫聯的藍衫兄弟。正當連海聲以爲可以鬆口氣，吳以文卻是全神戒備，牢記著林家春宴陰冥被挾持的教訓——他深惡痛絕寶物被搶走的感覺，如同西方故事的貪婪惡龍。

「跟我們走。」

是敵是友，吳以文花了三秒判定，放下連海聲，橫腿掃向兩人。其中一人敏捷躲過，一人倒地不起。餘下的那人掏出槍，對準古董店主僕，顯示店員判斷無誤。

連海聲看這情況，忍不住幽幽嘆息。早在陰晴雨嫁給袁思雅的時候，他就該認清天海的意向。

他過去就是太過看重自己和陰晴雨的私交，也太相信和天海老幫主的盟約。可「正確」來說，天海和平陵延郡是姻親，他只是一個該死的外人。

藍衫兄弟捲土重來，衝進電梯要抓連海聲，吳以文和對方扭打起來。爲了顧及店長的安全，店員在狹窄的空間居處下風。

連海聲身心俱疲，只是說：「文文，快一點。」

此話一出，原本居於劣勢的吳以文猛地躍起，抬膝頂上藍衫男人的下巴，不顧反作用力，把男人壓制在電梯內牆，連拳擊向對方，直到男人癱軟倒下。

吳以文回頭向連海聲覆命，並且努力扺出一個微笑。連海聲卻看也不看他，只是望向電梯門外，那裡站著一個他們主僕都討厭得要命的傢伙。

太子殿下等吳以文循著連海聲的視線看來，才露出燦爛而虛僞的笑容。

「弟，幸好你沒事，太好了！」

吳以文不讓對方如願，帶著連海聲遠離太子。連海聲不理會店員護主心切，推開男孩、走出電梯，挺身迎上太子。

「大哥，人是你殺的吧？」

「你說什麼？我怎麼忍心殺害最疼愛自己的母親？」

「因爲你等得太久，不想再有人壓在你頭上。」

「媽媽身體也不好，我不希望她像爸爸那樣被病痛折磨。我其實也很捨不得，我好愛她。」太子低頭抹了抹眼眶，卻掩蓋不住脣角的笑意，或者登上王位的他再也不打算假裝自己有心。

「你眞是一個畜生。」

太子被連海聲一罵，更是笑得不能自已。

「哎呀，所有人心裡都這麼想，卻只有你敢說出口。」

連海聲不能被太子牽著鼻子走，戰戰兢兢地防備他藏著毒箭的話語。雖然這傢伙智商不高，卻有著老太婆灌注一輩子的惡毒權謀。

「大哥，爸爸已經答應要立他爲儲。」

「很好啊，如你所願！」

連海聲猜不透太子的笑容，從他答應要讓吳以文過繼就捉摸不到他眞正的意圖。太子只是笑說，一想到不孕的太女姊姊生不出孩子，他就好想要有小孩刺紅她雙眼。

很噁心的理由，但符合這男人的心態，連海聲找不到漏洞，他也不該一直去挑戰太子的權威，好像他其實一點也不願意把吳以文讓出去。

「相弟，你笑一個嘛，別糟蹋你的漂亮臉蛋。想想只要我死了，他就能接手我的江山。他有權力可以選擇恩柔的兒子當他手足，也可以把后冠賜予思雅的女兒，沒有人會瞧不起他。」

連海聲的確這麼打算，但從太子口中說出來，莫名給他被控制的不適感。

「那就如同我們之前約定好的，我把他帶走了。」

連海聲沒應聲，因爲吳以文直望著他。

「老闆？」

連海聲別過臉，盡其所能地把話說得淡然。

「你就跟他走吧，從今以後，他就是你名義上的父親。」

「我不要！」吳以文激動反對，不要離開店長，也不需要大壞蛋當他爸爸。

「以文！」連海聲喊住吳以文，要他忍耐下來。

「相弟，容我說兩句，你怎麼教孩子的？」

「你住口，讓我跟他談。」

太子忍不住大笑：「談什麼？何必浪費時間？『你們又沒有關係』。」

不過一句簡單的事實，連海聲和吳以文同時停下動作。太子看在眼裡，簡直要笑歪了，尤其是那個小的，抖了兩抖，就怕他多說幾句把祕密抖出來。

「來來，大哥教給你看。」太子走過去，輕手撫著吳以文的軟髮，開口卻是醞釀已久的毒藥，「相弟他以前有個心愛的女子，到哪兒都不離身，甚至爲了那女人和老家翻臉，失去繼承的機會也要帶走她，死也不願意放開她。形影不離，就是他愛一個人的表現。」

只要是關於店長的事，不管說話者再討厭，吳以文仍豎耳去聽。

「大哥，你說這個做什麼？」連海聲感覺喉嚨湧上一股血腥，快要呼吸不了。

「小孩子不能寵，要跟他們實話實說，才不會爬到頭上來。」太子笑得好無辜，把脣口湊到吳以文耳邊：「他喜歡一個人可是會想盡辦法留在身邊，而不是處心積慮送走。可見他啊，一點也不在乎你，對於你只是一種補償。他已經給了你榮華富貴，要你以後就別再回頭去煩他了，知道嗎？」

吳以文雙手勒住太子的衣領，整個人都在發抖。

「以文，放開他。」

「老闆……」吳以文難受地看著連海聲。

「聽話。」連海聲神色淡然，好像只是隨手拋開一個累贅。

太子打了記響指，藍衫和黑衣人擁入，架住吳以文。

「不要碰我！」吳以文大吼，帶著一絲連海聲陌生的歇斯底里。

「文文！」

吳以文痴傻地望向他，連海聲以為下一秒他會過來抓著自己不放，吳以文卻用力閉上雙眼，彷彿用盡全身的力氣，拚了命地忍耐。

連海聲看著吳以文離去的身影，反覆告訴自己這樣才是正確，不要被感情所惑，那孩子走了可以坐擁江山，留下來只能為他收屍，一文不值。

連海聲聽著直升機起飛的噪音，人都走遠了，他仍留在空蕩的院長室。

剩下的日子，大概就是回那間破店等死，但店員不在了，回去也沒有意義。

隆隆聲刺耳逼近，理應飛離醫院的直升機，猛力撞上頂樓，直升機尾部橫掃院長室，桌椅掛畫無一倖免，連海聲幾乎要被機身衝撞帶來的強力氣流吹倒在地，卻被一雙溫熱的手緊緊拉住。

「老闆！」

連海聲沒能看清楚眼前的情況，直升機就在失去屋頂的院長室重新起飛。吳以文雙腿倒勾在直升機艙門，就這麼把自己肉身當作救命繩，命都不要了。

連海聲不去想懸空腳下的百米高度，只是對吳以文發怔，一直到他被抱進相對安全的機艙裡，才回過神來。

機上不見駕駛員，也沒有品味低俗的黑衣特務和天海弟兄——大概都被吳以文丟下去了，只剩下昏迷被塞到裡頭和降落傘具作陪的太子殿下。

吳以文拿出隨身手巾，仔細幫連海聲擦乾淨漂亮臉蛋。

「老闆，飛機是學姊媽媽買的，遙控密碼是老闆的生日。」

連海聲呼口氣，他才不需要這種多餘的安慰，天海幫聯所有人最好去死一死。

服侍好美麗的店長大人，吳以文俐落坐上駕駛座，戴上頭盔，將自動駕駛轉回手動，動作熟練得就像這架灰白色直升機也是他的小銀系列之一。

追兵一出現在偵測儀上，吳以文毫不猶豫按下砲彈轟炸，遇神殺神，遇佛殺佛。

連海聲看著吳以文一夫當關的英勇表現，匹夫之勇、有勇無謀，實在稱讚不了他。

「笨蛋，你到底在幹什麼？」這些日子以來，連海聲忍辱負重地布局，一下子全被吳以文轟光光。

「帶老闆走。」

「白痴，有什麼用？一直飛又不會飛去天堂。」連海聲已經預見直升機油料耗盡，他們迫降被太子黨羽抓住處決的未來。

「和老闆一起，多一點時間，也好。」

「如果我還有很多時間，陪你這傻瓜去山間當野人也無所謂；但我沒有辦法。」連海聲垂下眼簾，向吳以文提起一個不輕不重的現實問題。「文文，我快死了。」

吳以文沒有反應，好像沒聽見連海聲的話，這讓連海聲感到焦慮。

「老闆，不用擔心，我一個人也沒有問題。」

店員回答的口條意外流暢，就像背好的台詞。

「可是我不相信你，你不過是個心智殘缺的小孩子，自己一個，不可能活下去。」

連海聲凝視機外的藍天，吳以文已經得罪南洋未來的主子，他必須思索出一條活路。

連海聲拿出倖存的手機，撥下號碼。就在他被林和家帶出禁地的時候，延詩詩神鬼不知地將聯絡方式塞進他衣袍。

「太女殿下，太子在我手上，我想跟妳談筆生意。」

連海聲沒力氣談論太多細枝末節，只是反覆對他深惡痛絕的仇敵說著吳以文的事。雖然是仇人，也是吳以文的養母，或許連海聲不願意支持太女的主因其實是後者，吳以文優秀的家事手藝全是向那女人學來的，就算太女跟他保證「我以後會好好待他」，比白痴太子可靠百千倍，連海聲也不覺得欣慰。

「文文，去大禮堂。」

連海聲一聲交代，爲古董店主僕亡命天涯的冒險畫下句點。

直升機停在禮堂上方的停機坪，太女的人馬已經恭候多時。

吳以文一身灰土和打鬥的粗暴痕跡，怎麼看都像個野孩子，連海聲叫人帶「公子」去梳洗，不得怠慢。

「老闆。」

「聽話。」連海聲下令，吳以文才鬆開手，跟著兩個年長女侍走。

沒有人招待連海聲，他獨自從停機坪下樓，走進寂靜的大禮堂，坐上第一排長椅。當初牽著林家千金的手進來也是這般心情，臉上對著所有人笑，心裡卻只想著一個人。

太女動作很快，禮堂已經鋪上綵帶與紅地毯，屬於今日的慶典已經布置完畢。這也是連海聲與她談判的條件之一，他時日不多，無論如何都想親眼看見吳以文成年及冠的樣子。就爲了他可笑的私心，吳以文被迫必須一夕成人。

「老闆。」

連海聲強撐著發昏的腦袋，睜開眼，吳以文換上紫金冕服、軟髮用白玉簪束起短髻，搭配那張曬不黑的白皙面容，非常適合這套屬於王族的華服。

「文文。」

吳以文順著這聲叫喚，把腦袋埋進連海聲懷裡。

「不要蹭了，髮冠會亂掉。以後在人前，不准失了體統。」連海聲爲吳以文理好衣冠，吳以文含蓄地把白淨的前額靠上他肩頭。

「老闆，最後一次。」

連海聲以爲吳以文心裡會怨他，沒想到這孩子再明白不過他的苦心。

外人在催促，請小皇子上台來，王女在等候。

「去吧。」連海聲叫他往前走，吳以文只是頻頻回頭望。

太女站在台子正中央，妝容肅麗，白紗長裙鋪綴於紅木地板，如同綻放的白梅。吳以文來到太女面前，長跪下來，三叩首；然後太女從黑玉托盤拿起白玉冠，親手爲他加冕。

連海聲閉上眼，從今以後，吳以文是南洋太女的孩子，不再是他的了。

突然一陣尖銳的笑聲，打斷儀式進行。

「姊姊，這種重要的場子怎麼沒邀請我參加？我好歹是南洋的主子。」太子從後台現身，陰陽怪氣的笑容加上被吳以文打歪的假鼻梁，那張臉看起來更是扭曲。

「來人，殿下腦子有傷，帶下去。」延詩詩發下號令，太子先掏出槍來。

太女無懼槍口，拎起白紗裙衝上前和有著電網防護的太子對打起來，裙裝絲毫沒有影響到她過人的身手。這讓連海聲更加合理懷疑，他與林和家能順利逃出那座紅塔，是太女故意放水的結果。

拿槍必須先對準頭，雖然太女遭到突襲，仍是抓住太子開槍的空隙，以絕緣的絲綢手套穿破電網，擒拿住太子的肩頭。

可太女即便遠比太子強悍，仍彌補不了手無寸鐵與武器的差距。咻的一聲短音，太女中槍，沒有預想的血花，是毒針。

太女停下動作，立定在地，神色平靜，一點也不像入網的獵物。

「姊姊，這就是妳的不對了，一個女人憑什麼當王？」

就在太女倒下的同時，吳以文右腳往太子直面攻上。太子來不及打開電網，被踹中腹部，痛得倒地翻滾。

太子雖然打不過吳以文，但他緊緊牢記每一個人的弱點。

「別動，不然我就斃了他！」

吳以文忌憚連海聲的安危，不敢再有動作。

太子爬起身，攏了攏頭髮，重新站回勝者的位子。

「接下來的典禮，由我這個新王接手，大家請掌聲鼓勵。」

連海聲聽來一點也不好笑，禮堂中的黑衣分子卻群起大笑，這就是權位的能耐。

「開始之前，我想先澄清一件事。」太子清了清喉嚨，噙著得意的笑容，望向吳以文，又看向台下的連海聲，他向來睚眥必報。「相弟，你知道嗎？這禮堂所有人之中，只有你是外人……」

「住口！」吳以文猛然往太子臉上砸過一拳。

「文文！」連海聲驚得站起身。

太子捂著下凹的左臉，含著血沫大笑：「小寶貝，他都快要死了，怎麼可以不告訴他眞相？」

「什麼眞相？」連海聲強忍著不適，想知道太子特地布局的原因何在？又與吳以文有何關係？

「相弟，我看你爲這孩子奉獻犧牲，幾乎要爲你哭了，大家都知道，只有你不知道，眞可憐。」

「住口，你住口！」吳以文被太子的手下架開來，緊張望向連海聲，但連海聲只是瞪著太子一個人。

「弟，你不是爸爸的孩子，就血緣上來說，你什麼都不是。」

連海聲臉上沒有多大反應，只是追問道：「父親也知道嗎？」

「知道，背後罵你下賤罵得可凶了，但父親爲什麼願意選他爲王，你知道嗎？」

連海聲沒回答，內心強烈抵抗即將揭曉的正解。

「因爲他是我的『血脈』，你看看，我當初冠禮的貴服，穿在他身上剛剛好。」

吳以文矢口否認：「我跟你，沒、有、關、係！」

「就算你這麼說，我還是你爸爸，而可憐的相弟和你才是毫無關係。」太子開懷大笑，他人的悲劇就是他的快樂所在。

連海聲終於明白太子的意思——寶貝是貨眞價實的珍寶，只是不屬於他這個人。

「相弟，太可憐了，你這輩子就是一個笑話。」

吳以文咬緊牙，兩眼通紅瞪著眼前無恥的男人。

「文文。」

連海聲輕聲叫喚，吳以文悽愴看著台下毫無血色的美麗男子。

「連你也騙我嗎？」

「我只是，害怕失去你……」吳以文緊閉上眼，承認他所隱瞞的謊言。當他看著連海聲尋尋覓覓找尋眞相，組織、師母、平陵延郡……他什麼都知道，卻閉口不語。

連海聲胸口突然不痛了，只剩一片冰涼。

他再也不想看見那張臉、那雙只繞著他轉的眼睛，踉蹌往門口離席。這炎涼的世道已經不值得去怨恨，他只恨愚蠢的自己。

「老闆、老闆！」不管吳以文怎麼呼喊，連海聲都沒有回頭。

吳以文想要掙脫，但太子的手下卻把他抓得牢緊，動彈不得。

太子用力抓捏吳以文的臉蛋，獰笑道：「你明知道父親是誰，還假裝自己是孤兒，像隻小野貓到處討人家歡心。這下賤的格調，真不知道從哪學來的？」

「你去死！」

「真不乖。」

太子開啓他的防護電網，吳以文痛叫一聲，薄嫩的臉部皮肉不一會變得焦黑。吳以文咬牙瞪向他，受創的肌膚又回復原樣。

「果然是優良品系。」太子伸手撫過吳以文瞬間復元的皮膚，展露出貪婪的笑容，這孩子根本是上天賜給他長生不老的寶物。「只要你聽話，我會派團隊治療他的心疾。但要是你敢再反抗我一絲一毫，我就殺了他；你不留在我身邊，我就殺了他；你敢去見他，我就殺了他！」

太子反覆用痛處教訓，直到吳以文雙膝不支跪下。相信假以時日，他定能訓練出百依百順的好娃娃。

正當吳以文的意識被刺耳的笑聲扭曲，眼前絕望得發黑，倏地，槍聲響起，擊穿惡徒塑造出來的悲慘世界。

吳以文握拳撐起上半身，模糊的視線看見黑色風衣和白色長袍，並立在他身前。

「恰啦啦，我是黑夜使者小闇闇！」殺手食指搭著臉龐，俏皮地眨了下眼。

「我是白衣天使小皚皚……」白袍男人說完，摀住臉蹲下身，丟臉得要死掉了。

「思雅、恩柔，你們這是在做什麼？」太子沉下臉，就他所知，這兩個人應該已經從世上消失。

殺手笑得好不燦爛，好像他忍耐二十多年，就是為了這一刻。

「延白痴，兩家族長聯手，你沒瞎就知道，我們要叛變啊！對了，阿寧小寶貝也要一起喔，二加一，三家叛變！」

「我沒有，不要拖我下水！」阿寧不顧狙擊手須要隱蔽，從高台跳出來大叫抗議。

太子眼神陰狠地說：「你們難道忘了，父親死了，我現在是你們的主君嗎？」

皚語氣平靜地表示：「你雖是主君，但我不認同你對家族弱勢的處置，袁家要撤出平陵的管轄。」

而殺手笑嘻嘻地控訴太子的愚行：「世族聯姻就是這點不好，當了王就忘了小舅舅。你難道忘了，那個眾人唾棄、被你一槍斃命的老太婆，是我的親姊姊；選了兒子毀去小弟的人生，仍是一手拉拔我長大的大姊。」

殺手舉槍，對準太子抽搐的整型假臉。

「你敢？」

「我怎麼不敢？延童袁重，按照順位，只要你們姓延的死光了，王位就由我接手不是嗎？」

「這才是你的目的對吧，童恩柔！」太子勃然大怒。

殺手掏了掏耳朵，跟白痴說話就是浪費口水，眞以爲誰都想當狗屁王。

「來人！」太子將他的人馬全召喚出來，大禮堂擁入黑衣人潮。

殺手已經做好跟太子火拚的準備，只是開火之前，他先推了推蹲坐的吳以文。

「怔著幹嘛？快去追啊！」

吳以文失神地搖著頭，不可以去，連海聲說不要再見到他了。

「你該不會忘了，我是你什麼人吧？」殺手抽出另一把短槍，瞄準吳以文的腦袋。

「乾爹……」

殺手軟下目光：「對嘛，聽乾爹的話，快去。追不上，我就宰了你喔！」

吳以文奮然起身，粗暴脫下華服和玉履，赤腳往外跑去。

殺手舉雙槍掩護，誰膽敢阻擋小朋友找媽媽，他就打爆誰的腦袋。

場中正反方比例懸殊，殺手又把吳以文這麼一大戰力給送走，任誰都知道投靠太子才是上策，但高台上的阿寧卻遲遲不敢出手，就她對這兩個黑白前輩的了解，他們就是神經病。兩個瘋子聯手，混亂不可預測。

噯舉高手上的火筒，往禮堂正中央發射彈藥，同時間，殺手連射防護彈藥的路徑，確保它爆裂之後噴灑的粉劑能涵蓋整座大禮堂。

白粉和太子人馬的黑衣對比強烈，可以清楚看見每個人都沾上一些。沒有人敢碰觸身上的白粉，大家都知道袁家家主是舉世的名醫，也是一流的用毒高手。

「小噯哥哥，這是什麼？」

「咦？我沒跟你說嗎？這是致命的神經毒。我想，既然家族高層都在這裡，爲了永絕後患，我們就一起死好了。」白袍醫生推了下臉上的圓眼鏡，渾然不覺自己說了多恐怖的話。「小闇，你身子弱，我有事先給你打解毒針。」

「思雅哥哥！」殺手深情呼喚。就算不久前才把醫生哥哥從十八層樓轟下去，對方仍是以德報怨。

「啊啊啊！」阿寧驚聲尖叫，丟下槍，跟著眾人一起驚恐逃出大禮堂。鳥獸散去，剩下太子一個人，感覺到四肢逐漸麻痺，只剩下臉部肌肉能動。

「我知道，你們不敢殺我。你們從小就被教育要服從，不可以忤上。」

「呵。」

一聲輕笑，本該昏迷不醒的太女，慢悠悠地攬著純白無瑕的長裙子起身。既然袁家家主投靠太女，太女吃點抵抗暗算的解藥也不會太讓人意外。

太子望著他美麗的長姊，才明白末日已至。

「弟，你還不懂嗎？這個『詛咒』早就被你口中的『賤人』給破了。」

老皇帝和太子爺會這麼痛恨延世相不是沒有理由，在那人出現之後，平陵延郡再也沒有絕對的權威。

太女向殺手和醫生伸出手，討要一件下手的工具，雖然徒手她也辦得到，但就是不想浪費太多力氣。

「我本來不想做得太絕，變成像你和父親一樣噁心的男人，但縱容你這個垃圾囂張，本身就是個錯誤。」

「姊姊，妳爲什麼要這樣對我？」太子軟聲討饒，可能以爲還有母親會來救他。

「就憑我想殺一個死小孩想了五年，你一來就把他弄哭，不可原諒。」

太女揮刀而下。

吳以文即使全力跑著，還是沒有追到連海聲。

他的腳底磨破又癒合，踩著血腳印，狼狽回到古董店，卻見大門深鎖。他用力撞上鐵門，想要引起店長的注意。

「老闆、老闆！」

鐵門底下亮起光，吳以文更是奮力叫喚。

「這裡是私人住宅，你再吵鬧，我就要報警了。」門內傳來冰冷的嗓音。

「老闆，對不起……」

「你已經被解僱了，我跟你沒有關係。」

吳以文貼著鐵門，想要用笨拙的口舌解釋，燈光卻暗了下來，連海聲已經回到封閉的內室。那裡隔音做得很好，聽不見外頭的聲響。

吳以文只能繼續撞門，以爲只要把門撞出一個洞，他又能回到古董店當店員。他持續蠻幹的行徑，不知道過了多久，直到被人從身後一把抓住。

吳以文頭破血流回過頭，看見僅穿著單薄上衣的吳韜光。

「混蛋，你是要把自己搞死嗎？」

「師父……」

吳韜光就算神經再粗，也看得出來吳以文快要倒下。他打電話給屋裡的那個人，跟他說明吳以文的情況。

電話另一端冷然表示：**我不要了，他要去死，就讓他去死。**

「連海聲，你才去死！」

吳以文聽見連海聲絕情的回答，痛苦得快要嘔出心肺。都怪他以爲自己很重要，以爲做錯事道歉就能得到原諒，現在他的謊言被揭穿，什麼都沒有了。

「好了，跟我回家，你穿這樣會感冒。」

吳以文只是趴在冰冷的青石地上，試圖扳起鐵門，想要拉起一條縫鑽進去。

「你以爲你是貓嗎？」

吳韜光站在一旁，看吳以文反覆動作，弄得手腳都是傷。

「夠了，他都說不要你了！」

吳以文停頓下來，蜷縮在地上，一動也不動。明明不再是以前那個軟弱的幼子，吳韜光卻覺得這小子五年來一點也沒有長進。

「喂，連海聲，他跪在你店門口哭，怎麼辦？」

電話一秒掛斷，以致於吳韜光無法判定他是否聽見抽泣聲，那男人在另一頭是不是也哭個不停。

吳韜光抓了抓頭，最後蹲下來，把吳以文環抱起來。

「以文，我車禍之後，膝蓋不太好，不能蹲太久。」

吳以文紅著眼，看著吳韜光憔悴的面容。

「不要哭了，跟師父回家好不好？」

吳韜光低身揹起還未成人的男孩子，往深夜的街道走去，與古董店漸行漸遠。

尾章、歸屬

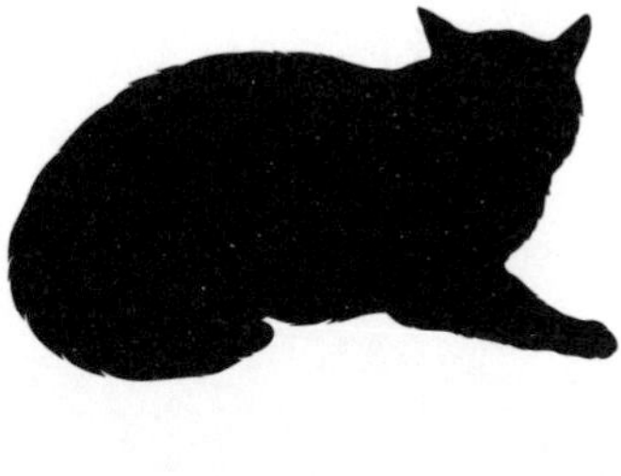

老皇帝死了，太子失蹤，曾經叱吒風雲的南洋帝國一夕間塌下。

失去權力屏護，南亞醫院袁院長立刻收到法院傳單，以違反醫療法與人體生物研究條例的罪名起訴，追了他數年的前李檢察官，終於成功把他送進監牢。

同時間，他的妻子遣人送來離婚協議書，敢不簽字就派手下轟爆他的頭，而且要他無異議放棄女兒的監護權。

坐牢和被玩屁股都無妨，袁院長在牢中對離婚協議書哭哭啼啼，沒兩天下來，監獄上下都知道他老婆、女兒是他一生的摯愛。

袁院長沒有什麼親友，多虧膝下愛女四處爲他奔走，才爭取到外役監的機會，到偏鄉的醫療機構服務代替刑期。走時獄友很捨不得，「醫生、醫生」叫著，他就靠著一把手術刀、酒精、菸草，治好長年不見天日的受刑人，身上各種疑難雜症。

出獄當天，陰冥提著花布包來接父親，送他去車站。

身後緊跟著押送的員警，他們父女一路無語，陰冥沉默地看著父親手腳上的電子銬，不知道該說什麼。

「小冥，要照顧好妳媽媽喔！」袁院長只想著這件事。

「她才當上九聯十八幫首領，不需要人照顧。」

袁思雅想像妻子煞氣全開的樣子，仍堅持道：「晴雨很會照顧人，但也有想要撒嬌的時候，妳還是要照顧好她。」

「一直以來，不都是我們母女相依爲命？」陰冥低聲埋怨一句。

「對不起。」

「你只有這種話好說嗎？」陰冥不奇怪這口拙男人每次回家總把媽咪氣得七竅生煙。

「冥冥，爸爸愛妳。我的罪過就由我自己來承擔，妳只要幸福就好。」

陰冥沉著漂亮臉蛋，把怨氣發一發，才伸手拉過父親的手。

火車進站，陰冥把花布袋裝著的日用品和一隻白貓布偶遞給父親。

醫生就這麼兩袖清風，只帶著女兒的愛和貓布偶來到濱海的小醫院，遇見法外就醫的殺手。

殺手對阿寧妹妹的玩笑話不是玩笑，眞的癌上加癌，快要死了。黑白兩道普天同慶，只有南丁幫老大出面幫他說情；海線恰好是南丁幫的地盤，不僅托關係給他安排靠海的床位，還定期送來新鮮的南洋水果，不是用來吃，而是供殺手當槍靶射著玩。

殺手就算插著鼻胃管，三餐吃流質食物，也是笑嘻嘻在醫院裡跑跳，逢人就說他如何從壞人手中救出美人和小貓咪，不像等待換肝的重症病患。

只是偶爾半夜，醫生巡房會看見殺手拿槍對著自己，說要去天國找小孩。醫生連忙勸住他：「小闇你九成九只會下地獄，死了也不會和小孩重逢。」殺手才在瘋狂的大笑中放下槍。

直到童明夜抱著一隻黑貓布偶過來探病，用貓貓代替他來陪伴殺手小爹，殺手精神才穩定下來。

醫生忍不住偷偷拿著白貓布偶來對照，果然是同一個人的手筆。

「小alert哥哥，說實話。」殺手拉下蓋臉的被子，側身過來，對偷拿他黑貓布偶的醫生露出笑。

「什麼？」

「他到底是誰家的孩子？」

袁醫生吶吶捧著兩隻貓，閉口不語，因爲他這個人就是瞞不住謊，想保守祕密只能不說話。

先騙太女那是她未能出生的孩子，再騙太子說那是他的分身。但從頭到尾，只有冰冷的數據資料和上位者自以爲是的腦補，袁醫生從沒明說吳以文究竟是什麼人。

「小闇，你是不是還懷抱著一絲希望？」

「沒有，畢竟你都親口否認了。」

袁醫生嘴邊一直喃喃「不行不行」，最後深吸口氣，要求殺手保密。殺手對天發誓，敢說出去，他下輩子就當貓貓。

「他不是誰家的孩子，他是……一個奇蹟。」

中心成立之初，袁醫生帶著他畢生的研究，飄洋過海而來，想要挑戰神祇，從細胞到萬物之靈，親手造人。

他幾乎失敗了，幾乎，實驗必須要有重複性和可再現性，才算是成功的研究，偶然發生的成果無法列入參考數據。但拿開冰冷的報告書，他看著在仿子宮環境的培養室中，日益成長的小娃娃，強抑著想要向全世界宣告的衝動。

袁醫生就像得到一個天賜的寶物，小心翼翼地把這孩子藏到一群孩子裡頭。

「在他之後，中心收容許多老家送來的殘缺幼子，都是靠他零排斥、可再生的器官移植活下來，包括小闇你的長子。你那長子知道這件事之後，對那孩子關懷備至，還厚著臉皮要他叫自己哥哥，可是那孩子明明是所有活體之中年紀最大的一個，是『大哥』。」

殺手笑了起來：「這樣啊！」

「他的生長過程大半處於昏睡狀態，我一度以爲他缺乏智能，但你兒子不死心，年復一年貼在牆邊跟他聊天。有天我去巡房，那孩子突然從保溫箱爬起來，呆呆地應和你兒子的話。」

一個付出血肉，一個回饋情感，就像一對共存的雙生子。

「眞可愛。」殺手輕嘆一聲。

「非常可愛。」袁醫生溫柔而痛苦地承認。有時候還會夢見自己一手抱一個，從崩塌的研究中心救出兩個小男孩，醒來只看見女兒憂傷的美麗面容。

「唉，我什麼都不知道，還說他是垃圾呢！」殺手午夜夢迴，總會想起吳以文到廢工廠爲他送飯的甜蜜時光。爲了搶回孩子的心，他對吳以文不停說著「有血才有愛」的謬論，沒想到他譏笑吳韜光那麼多次，結果自己也一樣可惡透頂。

「也就是說，他只有基因的提供者，沒有父母。」

「原來如此。」殺手慶幸又遺憾。

「傳統上的血緣對他已經不具意義，世上誰最愛他，他就是誰的孩子。」

吳韜光把吳以文接回家，數日以來，都是他照顧吳以文的起居。煮飯煮到廚房爆炸、洗衣服洗衣機也爆炸，一如他亂七八糟的父親職能。就連去高中幫小孩請假，師長也只是拿值勤單給他簽。

有天吳韜光不小心睡晚了，醒來早餐已經做好，煎魚、蔬菜湯和軟硬適中的白飯，吳以文安靜坐在餐桌旁。吳韜光忍不住揍了下自己的臉，小孩和美味的早點並不是夢。

「師父，早安。」

雖然聲音很微弱，但吳韜光沒有指責吳以文。他已經養過一次，知道管教得太用力，小孩子真的會碎掉。

吳韜光大口吃著飯菜，故意把「好吃」說得很大聲，吳以文面無表情地點點頭。

吳韜光忍不住擔心，要是這小子一輩子都不會笑了，該怎麼辦？

吃飽飯後，吳韜光回房間換上嶄新的白襯衫，手上抓著一隻洗過的小灰貓布偶。

「今天新工作要報到，我要出去一陣子，這隻你先墊著用。」

「新工作？」吳以文放下碗、回過神來，對外界還帶著大病後的遲鈍。

「大樓保全，剛好他們大夜缺人。」

「警察？」吳以文還不太清醒，只能呆滯追問。

吳韜光別過臉，言不由衷地說：「那個哦，什麼人都可以做，不差我一個。我現在只想要好好養小孩。」

吳以文經歷過吳韜光最消沉的時候，知道警職對他師父意義非凡，卻爲了自己毅然放棄畢生的志業。

「我知道我比不過世相哥、和家哥，他們隨便賺就很有錢。你與其跟我學拳腳功夫，弄得全身是傷，還不如當他們的孩子。」

吳以文過去攢住吳韜光的衣角，搖搖頭。

「但是我不想要你被搶走，就算你不是我親生的，我還是想當你爸爸。」

吳以文用力抱住吳韜光。吳韜光有些手足無措，怔了好一會，才伸手摸摸男孩的頭。

「師父，我不是好孩子，很壞。」

「都不回家住，當然很壞！」

吳以文哽著喉嚨，就要坦誠這個家發生的一切，吳韜光打斷他的話。

「對了，詩詩堅持要帶你回南洋老家，我只好和她離婚了。」

「師父，師母會殺了我。」吳以文因爲這個恐怖的消息而驚醒，終於肯清醒面對這個被店長拋棄的現實世界。

「你不會跑快點啊？」

這時，門鈴響起，吳韜光去玄關應門。

他還沒走到門口，沒耐性的訪客直接扯開嗓門大喊：「人都死光了是不是？」

聽見熟悉的嗓音，吳以文瞬間直起身軀，直衝玄關。

吳以文搶在吳韜光之前打開門，那人不似平時西裝革履，穿著休閒的運動夾克和牛仔褲，頭上戴著深藍色鴨舌帽，遮掩帽下的絕世美貌和異色雙瞳。

「老闆！」

連海聲抬起一張漂亮冷臉，劈頭就罵：「不要露出這麼蠢的表情！」

「老闆、老闆！」吳以文情不自禁繞著連海聲轉圈，連海聲抓住那顆笨頭才停止男孩對他公轉的愚行。

「吳警官，我這邊收到一封退回的辭職信。」連海聲一手抓著店員的笨頭，一手從夾克口袋拿出故意摺爛的信件。

「爲什麼會寄到你那裡！」吳韜光惱羞大吼。

「你家分局長說你電話不接，寄信也沒人收，才會送到我店裡來。你以爲我很想知道你辭不辭職嗎？關我屁事！」

眼見店長和師父又要打起來，吳以文趕緊擋在兩人之間勸架。

「老闆，師父是爲了養我。」

連海聲毫不留情，用鼻音全力哼笑。

「辭職養小孩？笑死人了，放棄十多年的年資轉職，沒把年薪翻倍還有臉說要供應未成年孩子生活？你那點薪水連養活自己都有困難，知道現在大學學費多少？你離開警界以後，又有多少人脈能照應他以後求職？」

吳韜光漲紅臉，正要蓄滿力吵回去。連海聲卻轉了方向，柔聲詢問吳以文。

「文文，你不想要你師父辭職對不對？」

「嗯，師父抓壞蛋，最帥了。」

吳韜光看著雙眼微亮的吳以文，原來他不用改變，這孩子還是喜歡他。

「聽到沒？人就該去做自己擅長的事，不要以爲犧牲奉獻就能成就偉大。好了，笨蛋，我們走吧。」

連海聲牽起吳以文右手，吳韜光趕緊拉住吳以文左臂。

「等一下，你不是說這隻還給我嗎？」

「我要拿回來不行嗎？」

兩位家長死不退讓，把男孩當作肉做的繩子，開始人體拔河。

吳以文痛叫一聲，吳警官不由得鬆開手，使得卑鄙無恥的店長大人成功得手。

連海聲對吳韜光哼笑兩聲，好不得意，偏頭只見吳以文目不轉睛地望著自己，兩人離得有點近。

「老闆不生氣了？」

連海聲只是用力戳弄笨蛋店員的額頭。事後他冷靜想個徹底，自己竟然聽信一個四十年的仇敵而不相信一手養大的笨小孩，實在不智。

「笨蛋，別用頭一直撞過來。」連海聲受不了地罵道。

就這樣，即使連海聲沒有動手搶人，吳以文也全自動緊緊黏了上去，吳韜光只能眼睜睜看著小徒弟開心奔向美人的懷抱。

連海聲走前，特別拿下帽子，那雙一黑一藍的漂亮眼眸定睛望著吳韜光。吳韜光從年少到現在生出白髮，看了二十多年，每次還是爲這雙眼暫停呼吸。

「吳警官，謝謝你在火場英勇地救我出來。你心底要是認爲我曾經對你有過一絲的照顧，你也全都還清了。我也很感謝你對他的諸多關懷，雖然方法不是那麼正確，卻比任何人都眞誠。我希望你們父子能好好過日子，但我到頭來還是只想到我自己。韜光，很抱歉，這孩子我就帶走了。」

吳韜光怔怔聽著，直到吳以文跟他揮手關上大門，才意識到那是連海聲第一次跟他道謝和賠罪，很不尋常，就像他所見過窮途末路的惡徒，臨死前總會說出幾句眞誠的善言。

電話響起，吳韜光過去拿起話筒，對方喂了聲，是這房子久未歸家的女主人。他一時間不知道該說什麼，陪著她一起沉默。良久，電話那頭才響起沉重的女聲。

「韜光，很抱歉佔有你最美好的時光。」

「抱歉什麼？十七年來，妳還不是跟我一起變老？」

「你還年輕，還有機會有孩子。」

「我有以文了，只要妳回來就好。姊，我想妳了，妳快回來。」

對方沒有料到傷害過後，竟會得到丈夫這麼單純的回應，久久無法言語。

「好啦，妳不要哭，晚點回來也沒關係，我會去學煮飯。」

對方帶著軟弱的泣音，在電話中歇斯底里吼叫「整天只想著吃」、「難道我對你來說只是廚娘嗎」、「你不會叫那小子煮嗎」，和吳韜光內心的想法不謀而合，不愧是多年的結髮夫妻。

「反正，我等妳回來。」

連海聲牽著吳以文的手，往市郊醫護所走去。每每他發誓不要再回去那個破地方，結果還是得去那個地方躺著等死，華杏林還得意誇說整建醫護所的自己眞有先見之明。

路途不短，但連海聲無法開車，只能親身領著吳以文過去。他胸背都是嗎啡貼片，華杏林給他打了雙倍的止痛劑，他才有辦法下床走動。

爲什麼特別大老遠浪費時間心力走這趟路？他也說不上來，他人生很多事一碰上吳以文就變得無解。

連海聲有些喘不過氣，但還是咬緊牙關走下去。雖然他死都沒說，不過吳以文還是注意到他強撐的狀況，從牽手轉而攙扶著他。

連海聲鮮少讚許吳以文細膩的心思，某方面來說，他其實有些討厭男孩的體貼，會讓他忍不住想要對他好；懂事、聽話、貼心，以及偶爾的笨拙，都讓他很喜歡。

但他不能喜歡，只能討厭下去。這五、六年來裝模作樣，他確實有些累了。

「文文。」

「老闆，什麼事？」

連海聲背對著吳以文，像是隨口談起生活瑣事：「仔細想想，我從來沒為你做過一件像樣的事，只會自以為是搞砸你的生活。」

吳以文搖頭，他從來沒有後悔過，只要能再回到這人身邊。

連海聲哀婉問道：「你在那個家發生什麼事？告訴我好嗎？」

這一問，像是碰觸到發膿的傷處，吳以文嚇得幾乎要從連海聲身邊退開。

「快說啊，我沒有時間了。」

吳以文像是要嘔出血來，在他最珍貴的人面前，承認醜惡的罪行。

「都是血……很髒……我殺了人、好多人……」

「你只是比較倒楣，哪裡髒了？幾條人命，又算什麼？」連海聲不是嚴清風，他沒有公平的道德標準，只在乎自己所在乎的人。

吳以文不停搖著頭：「老闆救我的命，我卻做壞事……讓老闆丟臉……」

「白痴，這有什麼好哭的？你只要想，那個組織要是弄死你，我也會殺光他們來抵命，反正你老闆本來就是一個罪大惡極的壞蛋。是我殺的，都是我的錯。」

連海聲當然明白無法替吳以文擔下罪責，只是攬過屢屢把這孩子逼瘋的罪惡感。

不是原諒，而是接受他的罪孽並且一肩扛下，吳以文直到這一刻才真正明白，這個男人有多麼疼愛著他。

吳以文幾次張闔脣瓣，即使從孩子長成少年，還是說不好話。

「最喜歡老闆了……」

「笨蛋，我怎麼會不知道。」

把吳以文接回來後，完成最後的心願，連海聲終於完全倒下。

華杏林每天來醫護所報到，就是看到男人和男孩偎在同張病床上睡覺。因爲連海聲長期服藥，這些年大小手術不斷，基本的止痛劑對他已經沒太大效果，他之所以沒痛到在地上打滾叫醫生殺了他，都是因爲有小可愛全天候守在他床頭。

大美人起初臥床還能和小可愛說上兩句話，聊著公園和學校的貓貓。但這幾天連海聲陷入昏迷，期間只有一句「文文」的夢話。不管情況再怎麼絕望，吳以文總是細心地爲連海聲擦拭身子，耐心等待睡美人醒來。

華杏林總覺得有些不對勁，別人家的孩子就算了，小文寶貝可是心理復健中的病人，超容易崩壞的心理狀態都是靠強大的忍耐力撐著，他的表現很不合理。

華杏林過去關心兩下，吳以文只是說他要好好陪店長走完這段路，清秀的撲克臉蛋看起來強忍著痛，她這個醫生也就被說服了，忘了這孩子的長才包括演戲。

就在一個陰雨綿綿的日子，華杏林看數值差不多了，和病患唯一的小可愛家屬面對面會談。

「小文，你老闆已經簽好放棄急救同意書。」

「嗯。」

華杏林想，吳以文應該感覺得到，不然他不會整天把頭靠在連海聲手心，像植物盆栽動也不動。

「他已經回天乏術，除非有現成的心臟可以移植。很遺憾，這個月來，沒能等到合適的捐贈者。」

「華醫生，我有心。」

華杏林紅著眼笑道：「你可能算數不好，人只有一顆心喔！」

華杏林沒想到吳以文就是等著她攤牌，吳以文舉起準備好的手槍，抵住腦門。

華杏林都忘了，吳以文本身就是器官移植的技術結晶，說不定從他得知連海聲的病情開始，就一直把自己當作連海聲備用心臟的容器。

「醫生，請妳，治好老闆。」

「不要！」

華杏林衝上前，可是兩人距離太遠，她根本來不及阻止，好在一隻蒼白的手臂及時按住吳以文扣扳機的手。

「你這個……超級……大白痴……」連海聲在氧氣罩下吃力地罵道。每次都這樣，一沒看好就給他找麻煩，蠢得沒藥醫。

「老闆……」吳以文呆然望著連海聲的怒容。

「杏林，妳出去……」連海聲看向淌著淚的白袍大夫，口氣放軟三分，「沒事的，我會看著他，妳先出去……」

連海聲哄走華杏林後，回頭處置白痴店員。吳以文扯動脣角，大概想笑一個給店長看，卻被連海聲使勁掐住臉頰，笑屁！

店長大人往昔打小孩的氣力突然回籠，搶了槍扔掉，抓過吳以文雙手，接著用力打手背懲戒。

「你自己神經病就算了，還要我跟杏林看你轟掉自己的頭，你到底要增加多少我們的心理陰影才甘心！」

「我的心……給老闆……」吳以文眼神茫然而無助。

連海聲明知這小子有病還硬把人留在身邊當小看護，看著他生命力一點一點流失，不壞掉才是奇蹟。

「就是這樣我才受不了笨蛋！滾滾滾！」

吳以文只是把腦袋往連海聲手邊靠，蹭著連海聲幾乎失去知覺的指尖。

連海聲深嘆口氣，意識到自己現在是迴光返照，他醒來只想再看吳以文一眼，看了卻更放心不下。

連海聲撫著吳以文的軟髮，吳以文抬起頭，露出笑著又像哭泣的扭曲表情，卑微地向連海聲祈求。

「老闆，你可不可以……不要丟下我一個人……」

「你眞要我……抓著你一起燒成灰才甘心？」眞是愚蠢，爲什麼要說出明知不可能實現的心願？

「老闆……」

「文文，我到底……該拿你怎麼辦？」

沒有辦法留下，也狠不下心帶走，連海聲只能抱緊吳以文，死也不敢再放開手。

華杏林再回來時，病房已經回歸於平靜。如同她每天早晨看見的景象，一大一小哭累了偎在一塊睡覺，世界很和平。

既然死亡也無法把他們分開，不如乾脆合裝進棺材裡，一起埋了算了。

她不喜歡悲劇，但現實上卻力有未逮，只得接受生離和死別。

除非，能有奇蹟。

而後，來了一名道士——

連海聲出院當天，吳以文特別向學校請假來接，一到就在他身邊轉圈圈，那雙貓眼睛緊瞅著他，一刻都不離身，「老闆、老闆」叫個不停。

太可悲了，經歷過這麼多風浪，店員依舊是個笨蛋。

主僕倆乘上銀灰重機，飛馳於黃昏的街道，一路無語，歸心似箭。

他們回到歇業許久的古董店舖，連海聲在吳以文的攙扶下推開琉璃大門。銅鈴清響，放眼望去，地板、櫃台、珍品字畫一塵不染，可見吳以文去醫院之前已經認真打掃過。

吳以文先到店後放妥店長的行李，連海聲扶著核桃木桌坐下他熟悉的位子。天晚了，他打開櫃台旁的燈座開關，水晶櫃一個接一個亮起暖光，隔絕門外的漆黑與淒寒。

「文文，茶。」

「是，老闆。」

從此，店長與店員，兩人一起過著平凡而幸福快樂的日子。

〈三千絲〉完

新章、大總統就職演說

這次選舉的結果，可以說毫無懸念，拿下六成得票率碾壓對手。

爲了迎接全新的時代，閒置多年的大禮堂正式啓用，一開幕便是承接全國性的盛大典禮，政商名流雲集，四家無線電視、六家有線新聞台實況轉播。照相機、攝影機、網路直播，記者群在台下深呼吸預備，屏息以待那人的出場。

那人從政十年來，一直備受爭議，話題不斷。愛戴他的支持者很瘋狂，討厭他的人恨不得他去死，競選期間就發生過四起攻擊事件，潑漆、衝車、下毒，還碰上職業殺手。結果前三件犯人被他當場抓起來，打得頭破血流，打完還不忘向大眾宣導：「除暴安良，人人有責。」不知道是否身教得當，社會一改過去自掃門前雪的消極心態，治安顯著提升。

而公眾人物免不了的桃色風暴，他一個正值盛年的男人卻完全獨立於風暴外。但他就是感情世界太低調，讓許多愛慕他的官家小姐以爲有機會上位，使出渾身解數追求，害得他身邊的幕僚不堪其擾。他卻一直拖到參選前夕被扯入謀殺案的官司之中，才向媒體公開家庭狀況——

「我結婚了，也有很多小貓咪。」

八卦雜誌爲之瘋狂，以爲「小貓咪」指的是情婦，結果狗仔奮力調查後竟得到一群叫他「爸爸」的軟嫩幼子，眞的很多隻，從路口跟著父親喵喵叫到家門口，好不開心。

他這個人好像永遠有掏不完的新聞，總是眾人目光的焦點，說外貌不到絕色、學歷一般、公眾人物最需要的口才也不突出，專家歸結不出原因，只能說是魅力——不是吸引異性的那種荷爾蒙作用，而是政治人物最想拿到手的群眾魅力——讓人忍不住想要了解他，欲罷不能。

以往那人都是以府方祕書長的身分代表白領前總統一字一句讀新聞稿給人們聽，因為他的咬字方式太奇特而格外引人注意，不知不覺大家習慣在八點檔連續劇開播前，聽他說一段政令宣導，就像聽睡前故事一樣。

而今天，他依然上半身白襯衫、下半身黑色緊身牛仔褲，在鎂光燈下冷面出場，只是這回他讀的是自己的稿，往後六年都會是。

「大家好，我是吳以文。」

來賓正要鼓掌，他卻彎下腰，先把夾在右臂下的粉紅色貓咪布偶仔細放在演說台邊。和他相熟的記者都知道，那隻貓布偶是「咪咪」，慎重拿起相機，對這位「特別來賓」閃光連拍。

「接下來，帶給觀眾的是《雨天小貓協奏曲》，請大家掌聲歡迎律人王子殿下。」吳以文在演講台前，率先拍起手來。

禮堂陷入一片靜默，大家不約而同看向懸掛的紅布簾，上頭的確寫著「大總統就職典禮」，不是什麼公益表演。

不等眾人反應，全場燈光暗下，台上亮起一盞鵝黃小燈，照在文質彬彬的青年身上。黑西裝白領帶，林家標準裝扮，明眼人不難認出那是掌管林家名下各大文教基金會的林三公子。

林律人架起小提琴，拉弓試音，旁若無人。

台上再亮起另一盞燈，吳以文已經在三角鋼琴前就座，十指點下伴奏的琴音。當白鍵彈起，林律人手中的弓弦隨之拉展開來，悠揚的小提琴聲迴盪在會場，不過五分鐘的曲子，聽者卻像跟著他們天長地久了一回。

一曲終了，林律人向吳以文走來，眼鏡下雙眼泛淚，情不自禁抱緊他。

「以文，恭喜你當選！」

「律人，謝謝。」吳以文由衷露出笑。

女性與會者瘋狂拍照，當年跟風過小喵喵話劇團的粉絲成員，一定不陌生王子殿下和貓咪大廚的經典組合。

燈光大亮，一改剛才求婚似的浪漫氣氛，嘿嘿哈哈，童明夜甩著一頭燦亮的金髮，帶領活力十足的男子啦啦隊進場，舞曲、彩球，start！

男子啦啦隊隨著舞曲的節奏在台上擺開隊形，從他們齊整的動作可以看出這是一支訓練有素的隊伍，自信律動他們健美的身軀。

「L、L，O-V-E！L、L，O-V-E！以文、以文、小文文！總、統，就是你！」

領舞的童明夜小跑步向前，將吳以文整個人高舉起來，一個上拋來到演出的高潮，現場觀眾忍不住驚聲尖叫。

只見吳以文兩手抱胸，在空中翻轉一圈、兩圈、三圈，雙腿完美落地，再一個後腰讓童明夜攬在懷中，結束這回合。

「感謝吳總統的精彩演出！」童明夜搶過麥克風，主持起好友的場子。

「也謝謝明夜。」吳以文感激地點點頭。

「我摘下月亮星星都是爲了你啦，不客氣。」童明夜拉著吳以文的手轉兩圈。這時，收好琴的林律人加入他們，三人繼續在台上轉圈圈。

擅自安排開幕表演就算了，吳以文還搬來兩把折疊椅，排在比第一排各部會首長更前面的地方，當作特等親友席。林律人和童明夜毫不客氣，喜孜孜坐了上去。

吳以文重新回到演說台上，本來梳理整齊的頭髮被好友揉得蓬鬆起來。

「那個……明夜和律人是我的好朋友。」吳以文瞇起眼，似乎有些害羞。

——你在不好意思什麼啦？有點臉皮的人不會把死黨安排進自己的就職典禮好嗎？還拉琴唱歌跳舞！你們三個神經病爲什麼要在這種地方十年如一日！

楊中和坐在記者席，就要崩潰。

吳以文這才拿起稿子，像往常一樣，看著又不像看著，觀察力強一點的資深記者像楊中和就看出來，他早就把內容全背起來了。

「我即將成爲一國的元首，這是一個奇蹟。我原本是個棄子，在災難中倖存下來，像普通的孩子受教育，學習如何成爲一名君子。我在這裡，必須感謝許多人——所有支持我、愛著我的人，謝謝你們。」

吳以文看著鏡頭，彷彿想透過攝影機看向某人，如此半分鐘，他才收回視線。

「今後，我要建造一個屬於我的國家，主要方針有以下四點——」

重點來了，錄音筆的按鍵聲、紙筆摩擦的細音此起彼落，屏息以待，接下來每一個字詞都是關鍵報導。

「第一，家事。現代社會已不同以往，許多人拼湊不了一個所謂完整的家，我希望能重新定義家的觀念。『家』，即是能帶給家人支持和溫暖的存在，只要有心關懷，無須限縮於血緣。我將以健全的社會網絡平衡人際貧弱所帶來的心理窮困，鰥寡孤獨，不落下任何一個人，擴張家的界線，讓新的家文化，成爲我們的傳統。」

吳以文頓了下換口氣，台下響起微小的掌聲。

「第二，國策。國際化、全球化的浪潮下，小國的我們被迫開放再開放。農林漁牧、工業、商業、服務業，總在第一線面對最激烈的競爭，只有官員受『國籍』保障，獨善其身，這並不公平。我將開放政府，授與外賓從政的資格，府院首長以能力取士，只要能讓人們生活富足，不問出身。」

此話一出，全場譁然，這根本是當年「延世相條款」的翻版。

「我會負責所有的疑慮和後果。如同我站在這裡是受前人的庇護，我也要爲後人留一個機會，哪怕在現今階級複製的社會希望有多渺茫，我也要讓國人相信，將相本無種。你有才華，只要努力，就有回報。」

楊中和隨手記下重點大意：包容與公平。吳候選人一直以來就是靠著這兩點核心理念，贏過政界各個出身顯貴的競爭對手。

「第三，期望我任內達成百分百友善動物的環境，尤其是貓！」吳總統向全國國民認眞宣誓，場內的支持者也一起喊出「喵」的怪叫。

楊記者失手壓斷筆芯。拜託，節制一點，國際各大媒體都在呀！

「我的演說到此結束，謝謝大家。」吳以文向台下一鞠躬。

「等等，第四點呢？」記者們忍不住追問。

吳以文在台上呆了一陣，然後扳起指頭算數。對不起，貓咪總統，算術不好。

「阿文，好棒喔，最愛你了！」童明夜大嗓門歡呼。

「以文，你怎麼這麼可愛呢？」林律人比愛心支持。

太明顯了，兩人根本是安插的暗樁，超級丟臉——楊記者被同行拍拍肩，問他是不是跟他們三個同高中，楊中和一點也不想承認。

神聖的元首就職典禮就這麼帶著失誤的小尾巴結束，從開場到清場不到一小時。新聞出來，果不其然，被保守派人士罵翻天，這樣不守規矩、譁眾取寵的傢伙，真能治理好一個國家嗎？

實在不能怪那些只會坐在電視機前評論世界的老人家，因爲對於吳以文這個人，新聞很難報導到位。

先不論頻道收視率、網路點擊率再再衝破歷年就職典禮的紀錄，沒有記者敢喘口氣，明白接下來要緊跟著他的腳步，才不會落下。新任的吳總統上午才說了願景，下午立院就通過新法案，每一條都緊扣著他的大總統宣言，令人頭皮發麻。

記者只能追著他跑，但再怎麼努力也只知道他這一步，不知道他下一步。

楊中和一直在找能制衡這人的強者，但很遺憾，目前只有不足掛齒的權貴子弟敢跟他叫板，更多的是被他納入麾下的才俊，心甘情願爲他所用，可以說這時代的新星拱著一顆明亮不已的日陽。

但陽光有多耀眼，陰影就有多深，楊中和擔心日後吳以文這個人如果因爲權力而質變，沒有人阻止得了他。

楊中和不是多慮，沒有人像他了解吳以文如此之深，好比他後來檢視典禮到場的官員與來賓，竟然包含每一個大禮堂爆炸案的涉嫌人——當初與延世相交好，最後卻未出席婚禮的達官顯要。

他發現這件事，急得半夜把吳大總統叫出來，兩人在露天的燒烤小桌上談判。

「小和，好久不見！」吳以文穿著貓點點睡衣，腋下夾著一隻粉色貓布偶，一見面就給楊中和一記大擁抱。

「下午才見過不是嗎？不要用這麼愉悅的神情面對我，我要跟你講正經事！」

「我帶了巧克力檸檬塔，工作太忙，有點退步。」

「啊啊，不用特別帶點心過來……不會啦，兩種調味混得剛剛好，塔皮也烤得恰到好處。」楊中和忍不住先拿起一塊點心來吃，好好吃。

「老闆娘，兩隻烤大魚——」吳以文引頸叫著隱藏菜單。

「哎呀，這不是小文總統跟小和記者嗎？要喝什麼飲料？」燒烤店老闆娘笑咪咪地親自招待貴客。

「我跟小和要芭樂汁！」

「好好。」

等烤大魚上桌的同時，吳以文托頰看著楊中和，一雙貓眼睜得老大，楊中和突然不想跟他計較，好生無力。

「你現在是國家元首，不可以做壞事。」楊中和只能像幼教老師說些不著邊際的話。

吳以文點點頭：「我很乖。」

「最好是，那你就職典禮的賓客名單是怎麼回事？」

「典禮後，有新人要結婚，我不會弄髒地板。」

楊中和知道當天場地有人預約辦婚禮，吳以文的說明合情合理，只是讓人聽了毛骨悚然——他的意思是他辦得到，他只是覺得清理麻煩。

「你放心，我有很多事要忙，不會浪費時間。」

「你新政以來，拔除多少舊官員？是因爲他們做得差，還是報仇？」

「不算報仇。」

楊中和微微發寒，吳以文的意思是讓人丟官還不足以達成他的目的。

「不要說出既含蓄又恐怖的發言，你到底想幹嘛啊？」

「班長。」

楊中和冷靜下來，吳以文有時會照以前的習慣叫他。

「那個人，放棄平反的機會，讓自己的名字湮滅在歷史中，就爲了換取讓我出人頭地的前程。他從來沒告訴我一句，他爲我所做的犧牲，但我知道，我都知道。」

楊中和看著吳以文，當他說起那個人的時候，從王者變回平凡的血肉之軀，滿載著深厚的情感。

「他們讓他那麼痛，至少也要讓他們夜不能寐，才公平。我只是給壞蛋一點不平的教訓，你放心，我不會，做錯事，不會讓他感到丟臉。」

楊中和說不出話，才知道這十多年來，吳以文脫下制服、站上眾人仰望的高位，繞了那麼大一圈，原點一直在那間店、那個人身上，從來沒有變過。

吳以文垂下眼，輕聲禱唸他的信仰。

「我這一生，如果能有一點傳世的成就，都只爲了榮耀一個人。」

《Sea voice古董店》全文終

後記

這部小說能順利完結，要感謝的人太多了，百忙接稿仍驚艷四座的ＭＯ子大大，打下《古董店》出版基底的前編輯大大與在風雨之中扶持這系列成長的現編輯大大，以及把心投入故事裡的讀者親親，謝謝你們（提裙）。

這些年我一直很迷惘，是否能勝任作者這份工作。常有讀者反應，他或他朋友看不懂故事，並非批評或惡意，有的小讀者甚至是帶著一種愛慕的心意留言，很喜歡、人物很帥氣，但敘述出來的情節卻和我所欲描繪的情境很不一樣。

這問題存在已久，不是個案，而是常態。是哪裡不對，使讀者腦補錯方向？

《眼見》結束後、《古董店》備稿時那段時間，我就只是坐等編輯大大建議，以爲只要編輯一句話我就會茅塞頓開，沒想到當時的總編和責編卻對《古董店》第一集給出截然不同的建言。

總編：這故事太簡單，沒有懸念。

責編：這故事太複雜，請再修改。

雖然沒有得到治本的答案，至少在重編《古董店》這部小說，我一直依循上述兩道軌跡行走，好像同時騎著兩台腳踏車一樣，戰戰兢兢，隨時都會撞壁。

眞的很累，但一路下來，埋怨「不懂」的讀者少了許多，有的正在求學的小親親還對我說眞希望多一些人情歷練來看清故事表層底下的風貌。

好像有點進步，也因此，我會繼續努力往上爬坡。路上有什麼美好的風景，我會寫下來和你們分享。

再次感謝！

林綠

【新書預告】

城隍

——福興、福興，傍水而興……

政權交替，福興鎮三百年城隍信仰，即將沒入歷史。
不信鬼神的于新被選爲最後一任廟主，
因而遇見四年前車禍身亡、自稱代理城隍的故友阿漁。
一人一鬼爲了解開小鎮埋藏的冤情，
聯手與惡徒鬥智鬥勇。

血案、七月祭、鎮長選舉……
事件接力一般，如潮水向他們湧來。
無論傳奇或悲劇、祝福或詛咒、眞相與陰謀……
終會浮上水面。

2017 國際書展・敬請期待！

國家圖書館出版品預行編目資料

Sea voice 古董店.卷七 / 林綠 著.
——初版. ——台北市：魔豆文化出版：蓋亞文化
發行，2017.01
面； 公分.（Fresh；FS126）
ISBN 978-986-93617-3-6（平裝）
857.7 105019801

fresh FS126

SEA VOICE 古董店 卷七【完】

作者 / 林綠
插畫 / MO子 封面設計 / 克里斯
出版社 / 魔豆文化有限公司
地址◎ 台北市103赤峰街41巷7號1樓
電話◎（02）25585438 傳真◎（02）25585439
部落格◎ gaeabooks.pixnet.net/blog
臉書◎ www.facebook.com/Gaeabooks
電子信箱◎ gaea@gaeabooks.com.tw
投稿信箱◎ editor@gaeabooks.com.tw
郵撥帳號◎ 19769541 戶名：蓋亞文化有限公司
發行 / 蓋亞文化有限公司
法律顧問 / 宇達經貿法律事務所
總經銷 / 聯合發行股份有限公司
地址◎ 新北市新店區寶橋路二三五巷六弄六號二樓
電話◎（02）29178022 傳真◎（02）29156275
港澳地區 / 一代匯集
地址◎ 九龍旺角塘尾道64號龍駒企業大廈10樓B&D室
電話◎（852）2783-8102 傳真◎（852）2396-0050
初版一刷 / 2017年 01月
定價 / 新台幣 220 元
Printed in Taiwan

ISBN / 978-986-93617-3-6

FS126

SEA VOICE 古董店 卷七【完】

魔豆文化　讀者迴響

感謝您在茫茫書海中選擇了魔豆，您的支持是我們最大的動力。
不要缺席喔，讓我們一起乘著夢想的羽翼，穿越時空遨遊天地！

姓名：　　　　性別：□男□女　　出生日期：　年　月　日
聯絡電話：　　　　手機：
學歷：□小學□國中□高中□大學□研究所　　職業：
E-mail：　　　　（請正確填寫）
通訊地址：□□□
本書購自：　　　縣市　　　　書店　□網路書店
何處得知本書消息：□逛書店 □親友推薦 □DM廣告 □網路 □雜誌報導
是否購買過魔豆其他書籍：□是，書名：　　　　□否，首次購買
購買本書的動機是：□封面很吸引人□書名取得很讚□喜歡作者□價格便宜□其他
是否參加過魔豆所舉辦的活動： □有，參加過　　場　　□無，因爲
喜歡出版社製作什麼樣的贈品： □書卡□文具用品□衣服□作者簽名□海報□無所謂□其他：
您對本書的意見： ◎內容／□滿意□尚可□待改進　　◎編輯／□滿意□尚可□待改進 ◎封面設計／□滿意□尚可□待改進　◎定價／□滿意□尚可□待改進
推薦好友，讓他們一起分享出版訊息，享有購書優惠 1.姓名：　　　e-mail： 2.姓名：　　　e-mail：
其他建議：

廣告回信 郵資免付
台北郵局登記證
台北廣字第675號

魔豆文化有限公司 收
103 台北市赤峰街41巷7號1樓

魔豆

魔豆